„Jeder hat ein Recht auf das Licht. Wer etwas anderes behauptet, lügt."
(Jacques)

Marija Keller

Mein Leben nach dem Tod

Teil 1: Ein Selbstmörder erzählt

Und plötzlich erweist sich die Sackgasse als versteckter Segen.

Bibliografische Information der Deutschen Nationalbibliothek:
Die Deutsche Nationalbibliothek verzeichnet diese Publikation in der Deutschen Nationalbibliografie; detaillierte bibliografische Daten sind im Internet über http://dnb.dnb.de abrufbar.

Kontaktdaten:
Praxis **meinursprung**
Website: meinursprung.ch
Webblog: fragdieengel.ch

Originaltitel
erschienen im März 2014:
„Briefe von Jacques – Einblicke in die Welten"

7. Auflage November 2016
© 2016 Marija Keller
Herstellung und Verlag:
BoD – Books on Demand, Norderstedt
ISBN 978-3-7412-8057-3

Inhalt

Vorwort der Autorin ... 7
Einleitung ... 8
Meine Geburt ... 9
Aufnahme durch meine Zieheltern ... 10
Der jüngste Dieb der Welt ... 10
Mein Namensvetter und sein Hund ... 12
Selbsteinlieferung ins Waisenhaus ... 14
Erste Liebe ... 16
Téte à téte mit Martine ... 18
Jagdlust nach Kreativem ... 20
Meine grosse Liebe Pierre ... 23
Ist der Baum ein Baum? ... 25
Martine kann es nicht lassen! ... 29
Wind und Wetter ... 33
Das menschliche Geburtsrecht von Freiheit und Erfüllung ... 35
Die grosse innere Zwickmühle ... 36
Der unheilige Heilige Abend ... 37
Meeresdämon versus Schutzengel ... 42
Die Seele, so grau ... 48
Pierres zerrissene Seele ... 51
Ein faszinierendes Schauspiel ... 52
Unerlöste Seelen ... 55
Mireille und Mathieu ... 59
Tragische Tode ... 64
Gustav ... 67
Mein menschlicher Träger ... 69
Michaels Geburt ... 71
Mireilles Inkarnation und Michaels Trichterbrust ... 79
Michaels Leben mit der Trichterbrust ... 82

Was ist Realität?..88
Vorbereitung von Gustav 92
Eine eigene Persönlichkeit 98
Das liebe Ego 99
Der Gang ins Licht..107
Nachwort von Michael..118
Nachwort von Marija Keller 120
Über die Autorin, Jacques' Kanal 126
Jacques' Gedichte: Mein erstes Gedicht 128
Jacques' Gedichte: Frühlingsgedicht 130
Jacques' Gedichte: Liebeskummer durch Pierre 132
Jacques' Gedichte: Worte eines Freundes....................135

Vorwort der Autorin

Liebe Leserinnen und Leser

Das Thema der unerlösten Seelen ist weit verbreitet, doch wenig bekannt. Schwerpunktmässig arbeite ich in meiner Praxis daran, meinen Mitmenschen zu helfen, sich selbst und ihre unerlösten Seelen, die sich in ihrem Körpersystem befinden, zu befreien. Leider ist dieses Thema ein Tabuthema, mit viel Ängsten und Vorbehalten behaftet. Oft werde ich gefragt, was eine unerlöste Seele ist und was dies bedeutet.

In diesem Buch kann jede interessierte Person lesen, was eine unerlöste Seele ist. Die Leserinnen und Leser erfahren ebenso, was (abgespaltene) Seelenanteile sind. Es wird auch dargestellt, was es bedeutet und wie es sich auswirkt, eine unerlöste Seele mit sich zu tragen. Zudem wird beschrieben, wie eine Ablösung aussehen kann (jede Sitzung ist individuell massgeschneidert und verläuft daher anders) und wie sich das Leben danach für alle Beteiligten gestalten kann.

Daher ist es gut, dass sich Jacques, eine unerlöste Seele, mit der ich arbeiten durfte, zu Wort gemeldet und darum gebeten hat, seine Lebensgeschichte aufzuschreiben, sowie auch darüber zu berichten, was dann nach seinem Tod alles geschah.

Dieses Buch darf Ihnen dabei helfen, zu verstehen, was es mit unerlösten Seelen auf sich hat und Ihnen Mut machen, sich selbst und unerlöste Anteile zu befreien, weil wir alle ein Recht auf ein glückliches und befreites Leben haben.

Lassen Sie sich von dieser wahren Geschichte berühren und dazu inspirieren, in jeder Hinsicht mehr aus Ihrem Leben zu machen. Doch lassen wir nun Jacques erzählen.

Ihre Marija Keller

Einleitung

Ich erinnere mich nur noch daran, dass es kalt, nass und grau war. Grau, der Himmel, grau, die Stimmung, grau, meine Seele. Ich schlurfte die Strasse entlang und kickte einen Stein bei Seite. Was wäre es doch schön, dieser Stein zu sein. Keine Gedanken, keine Gefühle, keine Sorgen, keine Probleme. Keine Anforderungen, keine Herausforderungen, Schrecknisse, Demütigungen, keine Ungerechtigkeit. Ja, diese Ungerechtigkeit. Sie verfolgt mich schon seit meiner Geburt und ich verstehe nicht, warum. So ein schlechter Mensch bin ich doch gar nicht. Ich habe nie jemandem etwas zuleide getan, nie. Wenn ich wütend wurde, dann nur gegen mich selbst. Gegen mich, die ich doch eine so hässliche, unausstehliche, verkorkste Natur bin, dass ich gar nicht auf der Welt sein dürfte. Zu meinem hässlichen Körper kommen vermehrt diese hässlichen Gedanken und Gefühle. Leute, ich kann nicht mehr. Ich kann einfach nicht mehr. Ihr habt mir viel zu viel angetan, ob es euch bewusst ist, oder nicht.

Voll dieser düsteren Gedanken war ich unterwegs zur Seine, um mich still und heimlich und wie betäubt selbst zu ertränken. Betäubt durch all das Leid, das ich in meinem kurzen Leben erfahren habe, das aber so schwer wiegt, als wären es hunderte, ja tausende Leben. Keiner versteht mich. Keiner interessiert sich für mich. Meine Gedanken kreisen nur um meinen Abschied von dieser Welt, der gar kein Abschied sein wird, weil ich niemanden und nichts habe, um Adieu zu sagen. Grausam der Gedanke, dass mich niemand vermissen wird, niemand betrauern. Da bin ich schon tot, bevor ich gestorben bin.

Aber ich möchte von vorne berichten. Von meinem Leben bis zu dem Punkt, an dem ich unterwegs zur Seine war, um dem Elend endlich ein Ende zu bereiten, wie ich meinte. Es kam dann aber ganz anders …

Meine Geburt

Paris im Jahre 1684, 14. November

Unter schrecklichen Schmerzen gebar mich die, die sich meine leibliche Mutter nannte. Wieder einmal hatte sie Verkehr mit irgendeinem dunklen Gesellen gehabt, der ihr den Hof machte, um sich zu erleichtern, sie nur benutzte, um sie dann fallen zu lassen. Sie war es gewohnt und da sie das Geschenk besass, nicht besonders intelligent zu sein, begriff sie ihr Unglück nicht, sondern machte immer weiter.

Sie begriff nie, was Recht und Unrecht, gut oder böse war, denn sie spürte sich selbst nicht. Sie lebte und nahm die Tage vorneweg, folgte ihren Instinkten und Trieben und fand immer einige gnädige Menschen, die sich dann um sie kümmerten – zumindest zeitweise – so dass sie irgendwie durchs Leben kam.

Meine Mutter interessierten die Menschen nicht wirklich, sie dienten nur ihrem Über- und Erleben. Sicher gab es da auch freudvolle Momente, aber auch diese begriff sie nicht wirklich, denn die Zeit zog innerlich und äusserlich an ihr vorbei. Ich sagte es schon: sie folgte ihren Instinkten und Trieben, manchmal wie ein Tier, wenn sie sich die Strasse halb gebückt, halb kriechend fortbewegte, laut schnüffelnd, wie ein Hund, um dem Essensgeruch zu folgen, der ihr in die Nase gestiegen war.

Dem Umstand, dass sie etwas schielte, hatte sie zu verdanken, dass sie auf viel Mitleid stiess und immer jemanden fand, der sie nährte, schützte oder ihr zeitweilig sogar Obdach gab.

Aufnahme durch meine Zieheltern

Paris im Jahre 1684, 15. November

Da mich meine leibliche Mutter nach der Geburt in einer Nebenstrasse einfach in der Gosse liegen liess und mein penetrantes Schreien in meinem Überlebenskampf gegen Hunger und Kälte ein entnervtes, aber mitleidiges Wesen rührte, fand ich vorübergehend Unterschlupf bei einem Diebespaar, das selbst keine Kinder bekommen konnte.

Als mich meine Ziehmutter genauer inspizierte, entfuhr ihr eine Lautäusserung des Ekels, mit dem sie meinen deformierten Körper quittierte. Ihr Partner blickte grimmig auf, als sie brabbelte:

"Francois, sieh mal, das Elend, es passt so richtig schön zu uns und unseren Machenschaften. Nicht wahr, mein Kleiner? Du bist so anders als die übrigen Säuglinge. Ich gebe dir den Namen meines Grossvaters, er hiess Jaques. Und weil du so anders bist, sollst du Jacques heissen."

Mireille blickte zufrieden auf meinen in Lumpen gehüllten Körper. Ich begriff noch nicht, was das alles zu bedeuten hatte und nuckelte zufrieden an meinem Daumen. Hauptsache, ich spürte Nähe, Wärme und mein Magen wurde gefüllt. Eine Ziege rettete mir das Leben.

Der jüngste Dieb der Welt

Paris im Jahre 1685, 13. Oktober

Meine Rebellion begann schon früh. Meine Rebellion gegen Ungerechtigkeit, Dunkel und Elend auf dieser Welt, das sich mir schon in so jungen Jahren zu zeigen begann. Ich spürte, dass Mireille nicht meine

Mutter sein konnte, denn sie hatte mich nicht unter ihrem Herzen getragen. Ich spürte, dass sie mir nicht wohlgesonnen war, sondern mich für ihre Zwecke benutzte. Francois war zu krank und zu wenig dominant, um mir beizustehen oder auf irgendeine Weise dienlich oder nützlich zu sein. Schwere Anfälle und Schübe von Rheuma plagten ihn sehr und er konnte zeitweise vor Schmerzen nur stöhnen. Seine Aufmerksamkeit richtete sich darauf, sich möglichst angenehme Phasen für seinen Körper und Körpergefühl einzurichten – ja, Körpergefühl, das war so eine Sache bei mir. Manchmal konnte ich ihn wahrnehmen, meinen Körper und in den Momenten wurde mir auch bewusst, was er darstellte. Und ich ekelte und grauste mich vor mir selbst. Dann wiederum spürte ich mich gar nicht, stand wie neben mir, als würde ich mich beobachten und mein Körper gar nicht zu mir gehören. Ich spürte mich zwar denken, fühlen und reden, aber als wäre ich eine andere Person. Dieser Zustand war mir am liebsten, weil ich dann wie eine Schonfrist vor mir selbst hatte. Mein Körper holte mich aber immer wieder in die Realität zurück, ich werde da und dort davon erzählen, damit ihr mich genauer versteht.

Aber nun bin ich abgeschweift: Mireille benutzte mich als Diebesassistenten. Ja, einen derart kleinen Menschen verdächtigt man ja auch nicht irgendwelcher krimineller Anwandlungen. Und dieses Bewusstsein sowie diese Einstellung der Mitmenschen nutzte Mireille aus. Bei grösseren Menschenansammlungen stiftete sie mich dazu an, den Menschen möglichst unauffällig deren Sachen zu entwenden, von Messern über Geldbeuteln bis zu ganzen Säcken. Dabei lenkte sie die Menschen ab, sie kannte alle Tricks und Kniffe. Es interessierte sie nicht, ob ich mich dabei verletzen könnte, etwa, wenn ich unaufgeklärt über die möglichen Folgen nach einem frisch geschliffenen Messer griff, um es dem Besitzer still und heimlich zu entwenden. Wenn ihr meine Narben an den Händen sehen könntet, würdet ihr verstehen, dass dies Zeugen dieser Zeit und Erfahrungen mit Mireille waren. Wenn ich nicht mitspielen konnte oder wollte, strafte Mireille mich mit Entzug von Nahrung. Diesem Umstand habe ich zu verdanken, so glaube ich, dass ich nie richtig Gewicht zulegen konnte und sehr darauf fixiert war, die Leistung zu erbringen, die meine Mitmenschen von mir erwarteten und nicht das zu tun, von dem ICH überzeugt war. Mireille hat mich sozusagen konditioniert, wie es dann die Wissenschaftler später einmal benennen werden.

Meine Rebellion äusserte sich heftig darin, dass ich mit Verweigerung von Nahrungsaufnahme danach trachtete, ihre Konditionierungsversuche durch Nahrungsentzug zu sabotieren. Bedauerlicherweise stellte ich schnell fest, dass Mireille dies leider nicht kümmerte und sie darauf spekulierte, mich komplett an den Tod zu verlieren und den Gedanken hegte, sich einen neuen Säugling zu ziehen. In der Gosse geborene und verlassene Waisen gab es zu dieser Zeit genug. Und sonst hätte sie in ein Kloster gehen können und ein Neugeborenes, das gar nicht existieren dürfte, weil es von Nonnen und/oder Mönchen stammte, vor dem sicheren Tod bewahren, indem sie es zu sich nahm. Irgendwann begriff ich, dass ich nicht Mireilles erster und wahrscheinlich auch nicht letzter Zögling war und sein werde ...

Mein Namensvetter und sein Hund
Paris im Jahre 1687, 19. April

Mein erstes Schlüsselerlebnis mit meinem Körper hatte ich mit zweieinhalb Jahren. Ich hatte mich so sehr daran gewöhnt, nicht beachtet zu werden, sowohl von Mireille und Francois, der mittlerweile gestorben war, als auch von den Mitmenschen, weil ich mich ihnen gegenüber als Diebesassistent unbemerkbar machen musste. So war es seltsam, plötzlich Beachtung zu finden und dies von einem Menschen, von dem ich es nie erwartet hätte. Es war ein Bettler, der immer an der gleichen Strassenecke positioniert war und mich genau beobachtete, was ich da immer trieb. Anfangs jedoch bemerkte ich es nicht, aber irgendwann spürte ich seinen Blick in meinem Nacken, drehte mich um und sah in ein paar müde, freundlich lächelnde Augen voller Geborgenheit und Liebe. Es berührte mich sehr, denn er strahlte etwas aus, nach dem ich mich immer gesehnt, es aber kaum oder nur zu kurz bekommen hatte.

Eines Tages winkte er mich zu sich heran und schüchtern, aber gewiss, dass mir nur Gutes widerfahren würde, weil eben dieser Bettler so einen freundlichen Blick hatte, näherte ich mich ihm vorsichtig. Er liess mich an seiner Nahrung teilhaben und wollte wissen, wie es mir geht. Dabei strich er mir über meinen Kopf und stellte dann anschliessend seinen Gefährten vor, Boules, seinen lieben Strassenköter. Dies war sein Diebesassistent und ich fühlte mich zu Boules auf eigenartige Art und Weise hingezogen, als wäre er ein Bruder oder so etwas.

Der Bettler mit dem Namen Jaques (ohne c) gewann mein Vertrauen – bis zum heutigen Tag, als etwas vorfiel, was ich mein ganzes Leben lang nicht vergessen werde, obwohl Kinder meiner Altersklasse sich an das, was sie mit zweieinhalb Jahren erlebt haben, eigentlich nicht mehr so erinnern können. Jaques entdeckte einen goldenen Ring, den ich einmal gestohlen, Mireille aber nie abgegeben hatte. Bis zum heutigen Tage hatte sie nichts bemerkt, was mir nur gelegen kam. Ich wusste ja nicht, was auf mich zukommen könnte und bewahrte intuitiv diesen Ring als Sicherheit auf. Als Jaques ihn entdeckte, wollte er ihn mir zuerst abluchsen, abbetteln, dann durch massives Bitten, Drohen und Erpressen abnehmen. Als ich nicht darauf reagierte, packte er mich an der Gurgel und würgte mich so sehr, dass ich Sterne sah und dachte, dass ich sterben müsste.

Dann geschah das Unerwartete: Boules, eigentlich Jaques' Hund, stürzte sich auf ihn und verbiss sich in seine Wade. Abgelenkt durch den Schmerz liess Jaques ab – gerade noch rechtzeitig, denn sonst wäre ich erstickt. Grösser als der Schmerz am Hals und die Angst, die ich verspürte, war die riesengrosse Enttäuschung, mich so in Jaques als freundlichen und gütigen Menschen geirrt zu haben. Was Gold oder

Geld alles aus Menschen machen kann, ist sicherlich erstaunlich: sie vergessen sich selbst, ihre Werte, ihre ganze Moral und lassen sich von der unnachsichtigen, rücksichtslosen Gier überwältigen, die sogar über Leichen gehen würde und auch ausser Acht lässt, dass es sich bei mir doch um ein unschuldiges und wehrloses Kind handelt.

In Jaques hatte ich etwas wie einen guten Ersatzvater gefunden und gleichzeitig wieder verloren: verloren an ein Dunkel in ihm, das grösser war als seine Güte und Freundlichkeit und sein Wohlwollen mir gegenüber. Ich war verzweifelt und enttäuscht und traute mich auch nicht nach Hause, zu Mireille, weil ich instinktiv wusste, dass sie nach der Ursache meiner Würgemale am Hals forschen würde. Es musste einen triftigen Grund geben und sich um etwas sehr Wertvolles handeln und mit solchen Überlegungen hatte sie ja auch Recht.

Aber diesen Abend und auch die nächsten Tage beachtete sie mich gar nicht, was eine Erleichterung auslöste aber gleichzeitig die Bestätigung, dass ich nicht beachtenswert oder liebenswert wäre, ein Nichts. Nicht wert, gefragt zu werden, wie es mir geht, getröstet, gepflegt und beruhigt zu werden nach der schlimmen Erfahrung, die ich schon so früh hab machen müssen. Ich hasste die Welt, plötzlich hasste ich sie über alles. Und ich hasste mich selbst, so unerträglich, dass ihr es euch nicht vorstellen könnt. Und es wird noch so viele Momente in meinem Leben geben, die all dies bestätigen sollten, meine Glaubenssätze der Wertlosigkeit sowie meine Überzeugung, Opfer zu sein.

Selbsteinlieferung ins Waisenhaus

Paris im Jahre 1688, 3. Juni

Nun war es soweit. Ich bereitete alles vor, damit ich von Mireille wegkommen konnte. Viel wusste ich nicht, denn dafür war ich viel zu klein. Aber instinktiv war mir klar, dass ich bei Mireille nicht in guten Händen war und unter keinem guten Einfluss stand. Seit Francois tot war, erschien mir Mireille unerträglich launisch und ungerecht mir gegenüber. Sie vernachlässigte sich selbst und damit selbstverständlich auch mich.

Wie ein Kater, der sich in seinem Zuhause nicht mehr wohl fühlt und sich ein neues Heim sucht, zog ich los, um ein besseres Leben zu finden. Ich ging in die Richtung, wo Jaques immer postiert war, wohlbedacht, ihm nicht über den Weg zu laufen. Als ich um die besagte Ecke spähte, wo Jaques sich in der Regel aufhielt, konnte ich sehen, dass er für einen Moment abgelenkt war, da er sich in einer heftigen Diskussion mit einer anderen männlichen Person befand. Die Wade von Jaques war notdürftig mit einem Fetzen umwickelt, auf dem noch Blutspuren zu erkennen waren, ein Andenken an den Kampf zwischen ihm, mir und seinem Hund, Boules. Leise und vor Freude winselnd schlich sich Boules zu mir, die Ohren angelegt und den Schwanz eingezogen. Er schleckte mein Gesicht und spürte meine Not. Tiere können Gedanken lesen, das dürft ihr mir glauben, und so wusste er, dass ich ein neues Zuhause suchte. Boules war sehr klug und zeigte mir auf seine Weise, dass ich ihm folgen solle. Als wir auf dem Weg waren, begriff ich, wohin es gehen sollte: untrüglich zielte Boules auf das Waisenhaus der Stadt ab, weil er dort viele Kinder entdeckt hatte, die ihm immer wieder liebe Streicheleinheiten zukommen liessen und gerne mit ihm spielten. Er dachte sich, dass ich bei diesen lieben Kindern gut aufgehoben wäre und sicher Freunde finden könnte.

Ich liess mich auf diese Idee ein, wobei ich später schnell bemerkte, dass ich es bereute. Aber da war es schon zu spät. Die äusserst beeindruckende Waisenhausleitung, eine stämmige und grimmig dreinblickende Frau, schaute mich schräg an, als ich verschüchtert in den Vorraum schlich. Sie hatte mich bereits entdeckt, als ich mich dem Waisenhaus näherte. *"Lungerst du nur hier herum, Bub, oder brauchst du Hilfe? Sag schon, und zwar ehrlich, sonst kannst du was erleben!"* Keine freundliche Begrüssung für ein armes, verschrecktes, dreijähriges

Kind. Ob Mireille nicht die bessere Wahl gewesen wäre?! Die Frau inspizierte mich, schaute mir – wie früher den Sklaven – in den Mund, um mein Gebiss oder das, was davon schon zu sehen war, zu begutachten, tastete mich ab, um zu sehen, ob ich genug Fleisch an den Knochen hatte, strich über meine Haut, um zu prüfen, ob ich Ausschläge oder Juckreiz verspürte, kontrollierte meine Ohren und befand dann, dass ich einigermassen in Ordnung sei, um hier zu bleiben. *„Du willst doch hier bleiben, oder, Bub?!"*, fragte sie mich interessiert. *„Nun sprich schon, du kannst doch sicher schon ein paar Worte reden."* Ich nickte nur und liess mich ins Haus führen, sie zeigte mir den Speisesaal, den Schlafraum, den Waschraum und sagte mir, was ich zu tun hätte, um mein Essen verdienen zu können. Im Grunde genommen war es überhaupt nichts anderes als bei Mireille: irgendwelche krummen Dinger drehen, weil den Kleinsten nichts angelastet werden kann.

Erste Liebe

Paris im Jahre 1693, 2. Dezember

Es war so kalt, dass ich am ganzen Körper schlotterte. Etwas mehr als fünf Jahre war es her, dass ich ins Waisenhaus ging. Ich bin wahrscheinlich einer der allerseltensten Fälle, ein Kind, das muss man sich einmal vorstellen, das sich selbst ins Waisenhaus einliefert – und das mit gut drei Lebensjahren. Das zeigt, wie früh ich schon selbständig sein und auf meinen eigenen Beinen stehen musste. Zwar war ich schmal gebaut, doch innerlich, ja innerlich, da war ich extrem stark. Wie hätte ich sonst all dies Leid, die Strapazen und den Kummer überstehen sollen? Wie meine Not mindern?

Eigentlich müsste ich ein sehr gestörtes Kind sein, vom Verhalten her, zumindest im Fühlen. Das war ich aber nicht. Irgendwie gelang es mir, mein ganzes Dilemma innerlich abzuhaken und aus der jetzigen

Situation das Beste zu machen. Da ich sehr genügsam war, konnte man mich mit den wenigsten Sachen zufriedenstellen. Wiederum fühlte ich mich wie ein Kater, der einfach zufrieden ist, wenn er sein Fressen bekommt, einen warmen Platz zum Schlafen hat und seiner Jagdlust nachgehen kann. Jagdlust hatte ich auch, ich wusste nur nicht, wonach. Etwas in mir trieb mich an, trieb mich voran, wollte leben, sich ausleben. Etwas sehr Kraftvolles. Es war nicht diese Energie, die bei Rangeleien mit gleichaltrigen Halbstarken herausgelassen wird um zu messen, wer der Chef ist, der Stärkste unter allen. Es war auch nicht die Überlebensenergie, die mir geholfen hatte, über Wasser zu bleiben, auch wenn es schier unmöglich schien. Nein, es war etwas Künstlerisches, Gewaltiges, etwas mir ganz Eigenes. Da ich eh anders war als alle anderen Menschen – das ist jede Person, ihr habt schon Recht, doch bei mir noch viel extremer – erstaunte es mich nicht, auch in diesem Bereich etwas ganz Spezielles zu sein oder zu haben. Ich musste nur herausfinden, was es war und schauen, ob es mir irgendwie nutzen könnte.

Es war auch das Jahr, als ich mich das erste Mal verliebte. Nein, es war kein Mädchen, wie ihr denken würdet, auch keine junge Frau, kein weibliches Wesen. Es war ein Jugendlicher, ein junger Kurier, der von da nach dort flitzte, um Post weiterzugeben. Nicht die übliche Post, besondere Post. Und als Ervine auch dem Waisenhaus besondere Post zu bringen hatte, fuhr es wie ein Blitz durch meinen Körper, meinen Geist und meine Seele. Ein positiver Schock, den nur nachvollziehen kann, wer ihn selbst erlebt hat. Es geschah im Frühjahr diesen Jahres, als die Luft lau war und die Vögel zwitscherten, als würden sie keinen zweiten Frühling mehr erleben können ...

Ervine war für mich eine göttliche Erscheinung, seine Augen, seine Haut, sein Haar, seine Anmut, sich zu bewegen und auszudrücken, auch wenn die Vielfalt der Worte ihm zu fehlen schien. Ein kurzer Blick in seine Augen genügte bereits, um die Tiefe seiner Seele zu erahnen. Ervine inspirierte mich zu meinem ersten Gedicht. Woher ich lesen und schreiben kann? Heimlich, heimlich habe ich mich davongeschlichen und bei einem alten und freundlichen Mann – dieser war jedoch wirklich freundlich, nicht wie Jaques – gelernt, was die einzelnen Buchstaben bedeuten und wie man sie zusammensetzt.

Da waren immer zum richtigen Zeitpunkt die richtigen Menschen in meinem Leben, um mir das zu geben, was absolut wichtig und notwendig, unverzichtbar ist. Aber das erkannte ich später. Viel später. Eigentlich zu spät. So ist es doch immer, oder?

Téte à téte mit Martine

Paris im Jahre 1702, 4. April

In diesem Jahr werde ich etwas ganz Besonderes erleben. Ich werde meinen ersten Kuss erhalten, ganz unerwartet und von einer Person, von der ich es nicht gedacht hätte. Ihr habt doch wahrscheinlich alle schon erste Küsse bekommen, aber ich nehme an, es hat euch mehr oder weniger gefallen und Freude bereitet. Mir nicht. Mir gar nicht, es war einfach furchtbar.

Da war dieses junge Mädchen, etwa ein Jahr älter als ich, mit dem ich mich sehr gut verstand. Wir konnten über alles miteinander reden und teilten unsere kleinen und grossen Sorgen und auch Freuden. Wir philosophierten gern und gut, machten uns die tiefsinnigsten und manchmal auch die unsinnigsten Gedanken über die Welt und das Leben, was uns nicht selten zum Totlachen brachte. Ja, und dann lagen wir eines späten Abends unter freiem Sternenhimmel auf einer Wolldecke und schauten zu den Sternen rauf. Martine stammte aus gutem Hause, sonst könnte ich wohl kaum auf einer Wolldecke herumliegen. Ich war ja schon froh, wenn ich genügend warme Sachen zum Anziehen hatte …

Wir lagen also auf dieser Decke und schauten den Sternenhimmel an, als Martine sich plötzlich über mich beugte, mir tief in die Augen schaute und meinte, wie hübsch ich doch sei. Ich war so etwas von verwundert, nicht nur, dass sie mir das sagt, sondern dass sie den Eindruck hat, ich hätte irgendetwas Hübsches oder Schönes an mir. Sie nahm meine Hand und sagte, wie sehr sie diese sanfte, feingliedrige, schmale und weisse Hand liebte. Stellt euch vor, ich war so etwas wie ein Naturbursche, viel in der Sonne, schaffte es aber nie, mich zu bräunen. Ich hatte diese adlige und vornehme Blässe, ohne mich zu pudern. Auch das machte mich so anders, nebst all den vielen anderen Merkmalen und Eigenheiten, die mir auf meinen irdischen Lebensweg mitgegeben wurden. Ich kannte meine Eltern kaum bis gar nicht und konnte daher nicht ableiten, woher ich diese vornehm – und was mich noch mehr störte – feine, zarte, feingliedrige Statur hatte.

Kein Mensch bemerkte, wie stark ich war, alle schauten nur auf meine Sanftheit und Zartheit. Ja, wie sollte ich mich definieren und identifizieren, Mann, Frau, beides?! Vielleicht denkt ihr euch, dass das alles nicht so tragisch ist. Lest das ganze Buch und ihr werdet mich hoffentlich verstehen oder eventuell auch nur ansatzweise versuchen, nachzuvollziehen, was dies alles für mich bedeutete …

Und dann kam er, unerwartet für mich, sonnenklar für Martine: der Kuss. Sie beugte sich also über mich und berührte mit ihren Lippen die meinen. Ich hatte das Gefühl, zu erstarren und Ekel überkam mich. Der Ekel suchte sich von innen nach aussen seinen Weg, indem er meinen ganzen Körper zittern und keuchen liess. Martine verstand die Welt nicht mehr und wollte wissen, ob es mir nicht gut ginge. Wütend richtete ich mich auf: *„Was fällt dir ein, Martine? Was treibst du da mit mir? Musst du alles kaputt machen?"* Martine erstarrte.

Mit grossen, ja, mit weit aufgerissenen Augen stotterte sie mich an: *„Was…wie…wiesooo…ooooo…was kaputt machen?"* *„Na was wohl, unsere schöne Freundschaft!!"*, schleuderte ich ihr energisch entgegen. *„A…aa…aaber können Frau und Mann nicht Freunde und Verliebte miteinander sein?"* Ich sprang auf und verrenkte mir dabei meinen Rücken, humpelte weg und wünschte, diesen Tag nie aufgestanden und das eben nie erlebt haben zu müssen. Martine rief mir noch hinterher:

„Aber ich dachte, wir lieben uns! Wir lieben uns doch, oder? Die ganze Vertrautheit, Geborgenheit und Nähe, was war denn das? Spielst du mit mir? Was ist mit deinen besonderen Blicken?" „Was für besondere Blicke?", schleuderte ich zurück, drehte mich um und blitzte sie an, wütend wie ein Tier. Ich musste mich sehr beherrschen, erschrak über mich selbst und verstand mich selbst nicht mehr. Was war in mich gefahren? Wieso behandelte ich meine Freundin so? Sie war meine allerengste Freundin, aber sicher ohne weitere Gefühle meinerseits. Meine sogenannten besonderen Blicke bildete sie sich wirklich nur ein. Ich warf ihr sicher keine besonderen Blicke zu und wenn, dann nicht für sie. Es war dieses Licht in mir, das aufleuchtete, wenn ich träumen, philosophieren und dichten konnte. Meine ganz besondere Eigenheit, diese Jagdlust des Künstlerischen. Das war es.

Und das war es dann auch mit Martine. Ich hörte lange nichts mehr von ihr. Sie war tief verletzt, was ich damals nicht erkannte oder begriff, aber viel später zu spüren bekam. Aber dann war es auch schon zu spät. Schon wieder.

Jagdlust nach Kreativem

Paris im Jahre 1714, 30. November

Es war an einem frühen Morgen, als der erste Frost aufkam und ich einsam die Seine entlang schlenderte. Ich spazierte oft und viel und gern für mich allein, besonders ganz früh am Morgen, weil ich da die Welt für mich hatte. So konnte ich mir meine Gedanken machen, meinen Kopf und meine Seele lüften und meiner Jagdlust nach Kreativem nachspüren.

Oft fand ich etwas, das ich jagen konnte, meist waren es Gedanken, Formulierungen, die mir einfach auf der Zunge lagen, tiefgründig und vielfältig und ich kam kaum hinterher, diese Gedanken festzuhalten. Ich wusste, dass, wenn ich sie nicht niederschrieb, sie davonfliegen würden wie der Wind, bisweilen wie ein Windhauch und sie nicht mehr zu mir zurückkehren würden. Solch Momente bedauerte und bereute ich sehr, denn diese wunderbaren Worte flogen dann wohl einer anderen Person zu, die es nicht müssig war, sie rechtzeitig und würdevoll festzuhalten. Wenn ich dann meine Worte aus einem fremden Mund hörte oder auf fremdem Papier las, so gab es mir einen Stich ins Herz und regte etwas wie Missmut, grossen Missmut, in mir auf. Mittlerweile wusste ich, dass ich wahrscheinlich meinem eigenen Geschlecht zugetan war und da wollte ich mich nicht so sehr darüber identifizieren. Es war so schwierig, gerade in dieser Zeit, das könnt ihr euch gar nicht vorstellen. Heutzutage ist es ja anders, aber damals, zu meiner Zeit, musste man mit dem Schlimmsten rechnen – und wenn ich das Schlimmste sage, meine ich auch das Schlimmste.

Ich identifizierte mich also viel lieber und sicherer über meine kreative Jagdlust nach Worten, dichterischen, philosophischen, tiefgründigen grösseren und kleinen Weisheiten des Geistes, des Herzens und der Seele. Ein Koch würde sagen, dass es um mehrere Gänge und das richtige Mischverhältnis der Zutaten geht. Je nachdem, wie man sich selbst noch mit hinein gibt, schmeckt das Erzeugnis himmlisch – oder es kann jeder nachkochen und es ist nichts Besonderes …

Ich habe diese Begabung, diese Fähigkeit, etwas von meiner Seele hinein zu geben, zu diesen Worten, die mir zugeflogen kommen. Und so sind die Worte, die ich versäume, die jemand anderem zufliegen, der sie dann ausspricht oder niederschreibt, doch nicht das, was ich daraus mache. Als mir das bewusst wurde, fühlte ich meinen Sinn des Lebens, des Hierseins, all die Verletzungen und Mühsalen meines bisherigen Lebens, alle Hürden waren es wert, denn ich spürte, dass das Einfangen dieser besonderen Worte und dessen, was ich noch daraus machte, so berührend, so aussagend, so stark war, dass es mich selbst zu erheben vermochte. Und genauso stark, wie diese Worte sein konnten, genauso destruktiv, zerstörerisch konnten sie wirken, wenn ich sie in einer Phase der Missmut oder gar Depression auffing und umsetzte. Aber wie man es auch drehen mag: ich habe diese besondere Gabe, diese Fähigkeit, dem Festgehaltenen eine Seele zu verleihen, Leben, das in anderen aufrührt, nachklingt und nachschwingt, so dass man auch später in seinem Inneren wieder darauf zurückgreifen kann, nachsinnieren und davon zehren oder sogar eine Anregung zu eigenem kreativen Tun erhält. Wie viele Menschen vernichten die Seele der Worte, so dass sie nur leere Hülsen, tote Leiber des Geistes sind, der wiederum in diesen Hülsen so erstickt wird, dass er unwiderruflich zugrunde geht. Wir können mit Worten beleben, aber auch etwas sterben lassen. Ich weiss, ich werde gern pathetisch, aber das bin auch ich.

So geschah es, dass ich in meinem engsten Freundeskreis Anhänger fand, Bewunderer, die gerne meinen Worten lauschten und sich dann zurückzogen, um für sich Sinn und Wert oder auch Anregung zu finden. Oft war es nur der Wohlklang der Formulierungen, die ganz eigene Melodie meiner Gedichte, die bezauberte und sanft und stark zugleich den Zuhörer zu berühren oder sogar zu rühren vermochte.

Ein Bewunderer war Pierre, ein wohlhabender, eigensinniger und verschlossener junger Mann. Ein so armer Schlucker wie ich konnte nicht nachvollziehen, dass jemand unter seinem Wohlstand leiden konnte. Pierre berichtete mir, öffnete sich nach und nach und es wurde bald klar, dass Reichtum einsperrt, einengt, nicht im Äusseren, sondern im Herzen und sogar in der Seele. Wenn du keine materiellen Hürden und Begrenzungen hast, weil du dir alles kaufen kannst, lernst du nicht, deinen inneren Rhythmus zu spüren, deine innere Struktur, deinen roten Faden, der deine Seele durch das Leben führt. Du bist zugemüllt und eingedeckt, abgeschottet von Klimbim und Klambang und das Umfeld, die Menschen, mit denen du zu tun hast, ersticken jegliches Feingespür und jeden Sinn für das Feinstoffliche, Zarte, das in der Luft und im Geiste hängt und gefunden, genährt und gefördert werden will. Pierres Seele sehnte sich nach einer Möglichkeit, diese Feinheit und Feinstofflichkeit finden, nähren und leben lassen zu können. Aber seine Eltern versagten es ihm. Es wäre unmännlich und er hätte Wichtigeres zu tun, zu geben, zu nehmen. Sie meinten, seine Berufung zu kennen, die in der Medizin verborgen lag. Pierre wollte für die Menschen da sein, aber anders, wie ich, dichterisch, philosophisch, künstlerisch. Pierres Reichtum und die Umstände, das Umfeld, erstickten die Jagdlust nach Künstlerischem im Keime. Dies wäre Frauensache und tatsächlich gab es Salons, wo junge, noch nicht verheiratete, wohlhabende Frauen ihre Feinstofflichkeit in Philosophie, Poesie, Musik und Kunst, tätiger und nicht interpretierender Kunst, zum Leben erweckten und vertieften, um interessant für das andere Geschlecht zu werden und nicht vor Langeweile einzugehen oder aus purer Langeweile heraus ihre Freier abzuschmettern, die oft Schlange standen – wegen ihres Geldes, nicht wegen ihrer Poesie, wohlgemerkt.

Pierre suchte meine Nähe, meine Freundschaft und es erwuchs mehr zwischen uns beiden, als wir es jemals zu träumen gewagt hätten …

Meine grosse Liebe Pierre

Paris im Jahre 1717, 3. Mai

Schön ist der Mai und so wunderbar die Liebe … Ich wagte es endlich, mir meine Gefühle zuzugestehen, die ich gegenüber einem Mann empfand. Es war Pierre, der eh schon so viel zu kämpfen hatte, mit und gegen und es sicher nicht gebrauchen konnte, sich nun noch mehr negative Aufmerksamkeit seiner Familie und Freunde einzuheimsen. Pierres Vater erwartete nämlich unter höchstem Druck, dass sein Sohn sich ernsthaft und gewiss der Medizin zuwenden sollte und Pierres Mutter hoffte, ihren Sohn bald verkuppeln und Grossmutter werden zu können. Pierre war sicherlich dem anderen Geschlecht zugetan, wurde aber selten von den jungen Damen wahrgenommen. In einer Zeit, wo die männliche Spezies den gesellschaftlichen Druck und die Erwartung auferlegt bekommt, die Damenwelt zu erobern, mit raffinierten, knifflig-romantischen Ideen, die immer auch mit einem gewissen Prestigedenken verknüpft waren, machte es sicherlich mehr Freude, Frau zu sein, als Mann. Es war bequemer, schöner und schmeichelte dem Ego jeder Lady, umworben, umgarnt und erobert zu werden. Sie kassierten nur Bewunderung und Zuwendung, die Männer meist Ablehnung, Blamage und ein Gefühl der Abwertung, nicht zu genügen. Den Anforderungen eines eroberischen Feldzuges in der Liebe nicht zu genügen, den Erwartungen von Familie, Freunden – und der Damenwelt.

Erinnert ihr euch noch an Martine? Wie ein Magnet zog es sie in mein Leben zurück, ein starker Magnet des Rachefeldzuges ihres verletzten Egos. War sie doch so fortschrittlich, als Frau den ersten Schritt zu wagen und auf so unerwarteten und massiven, entwürdigenden Widerstand meinerseits zu treffen, erntete jedoch nur Schmach, Verletzung, statt Anerkennung oder sogar Gegenliebe. Es muss bitter gewesen sein für Martine, das spürte ich schon damals, verdrängte es aber erfolgreich. Ich war wirklich der letzte Mensch, der es im Sinn hatte, irgendjemanden zu verletzen, das könnt ihr mir glauben. Aber ich selbst steckte doch schon so viele Verletzungen und Grenzüberschreitungen an mir ein, so sehr viel an starkem Missbrauch an meinen Gefühlen und meinem Geist, dass ich doch tatsächlich jedes Feingespür für das besondere Zwischenmenschliche verloren hatte. Dies stand in starkem Widerspruch zu meiner Wesensart, sanft und einfühlsam zu sein und ich litt unter diesem künstlichen, weil erst durch Erfahrung generierten Spannungsfeld.

Martine lief mir unerwartet eines Morgens über den Weg. Sie wollte zu einer lieben Freundin auf Besuch gehen, die krank zu Bette lag und wunderte sich, mich zu treffen. Dabei sollte es sie gar nicht verwundern, denn sie wusste ja, wo ich mich aufhielt. Irgendetwas in mir liess mich immer sicher sein, dass sie mich beobachtete oder gar beobachten liess. Martine entfernte sich nie ganz wirklich aus meinem Leben, vielleicht physisch, aber nicht psychisch. Einen Menschen so tief in seinen

Gefühlen verletzt zu haben – und da ging es auch noch um das heilige Gefühl aufrichtiger, zuneigender Liebe – bedeutete für mich eine Verletzung meines Selbst durch mein Selbst. Ich verstand mich nicht, dass ich so unwirsch reagieren musste, damals, heute verstand ich es, denn ich war offensichtlich meinem eigenen Geschlecht zugeneigt. Ausser Pierre, er liebte beide Geschlechter, aber dazu später …

Als Martine also so plötzlich vor mir stand, ein Ruck durch ihren Körper ging und sie nicht wusste, ob sie Angriff oder Flucht wählen sollte, ging ich liebevoll konfrontativ auf sie zu. Ich umarmte sie stürmisch und freudig, als wäre nie etwas gewesen und meinte: *„Schön, dich zu sehen, liebe Martine. Du hast mir sehr gefehlt!"* Sie stand da, wie erstarrt und kein Wort kam über ihre Lippen.

Ich spürte die Menschen immer sehr gut, auch wenn ich sie nicht berührte und so war mir schnell klar, dass sie sich in einem inneren Kampf und grossem Gefühlschaos befand. Schliesslich stiess sie mich von ihr weg, recht unwirsch und lief ohne ein Wort zu sagen, davon …

Ist der Baum ein Baum?

Paris im Jahre 1717, 4. Mai

Die gestrige Begegnung ging mir nicht mehr aus dem Kopf. Warum musste Martine auch so nachtragend sein? Ja, damals, als ich sie verletzte, stiess ich sie verbal von mir. Oder sogar physisch? Wurde ich tatsächlich leicht handgreiflich? Ich wusste es wirklich nicht mehr so genau, merkte, dass ich es gern verdrängte und merkte auch, dass mich die Angelegenheit intensiver beschäftigte, als es mir lieb und recht war. Immer wieder passierte es mir, dass die Gedanken kreisten und ich Situationen im Detail durchspielte: wer wann was wie sagte, wie und ob ich anders hätte reagieren oder sprechen können. Meist machte ich mir Vorwürfe und es kamen mir im Nachhinein die genialsten Ideen, wie ich hätte reagieren oder etwas anders sagen können. Um mit reiner Weste da zu stehen. Um als Held da zu stehen. Es plagte mich, unrein, schuldbeladen oder heldenlos zu sein. Andere durften das mir gegenüber, das verzieh ich sehr schnell. Nur mir gegenüber war ich streng und hart. Sehr lieblos. Sehr unnachgiebig. Destruktiv. Bestrafend. Schlichtweg schlecht. Das wurde mir durch die Situation mit Martine sehr deutlich.

So rührte ich nachdenklich mit einem Stecken im Dreck vor mir, denn ich kniete an der Stelle, wo mir Martine gestern begegnet war. In der Hoffnung, sie würde heute auch hier vorbeilaufen? In der Hoffnung, der gestrige Vorfall wäre nur ein Traum gewesen, ein schlechter Traum, ein übler Streich oder Witz, aber nicht Realität?

Liebe Menschen, was ist denn schon Realität, wie definiert und rechtfertigt sie sich, um sich neutral und sicher wirklich nennen zu dürfen? Oder ist es die Summe der subjektiven Imagination in Kombination mit Selbstinterpretation im Anhang zu allen physischen Erlebnissen, die wir täglich durchgehen, ohne zu wissen, ob unsere Mitmenschen das Gleiche sehen, hören, fühlen wie wir? Was, wenn nur ich einen Baum ansehe und nur so sehe, wie ich ihn sehe, jemand anderes diesen aber ganz anders wahrnimmt? Oder gar nicht? Wer sagt, dass es den Baum wirklich gibt? Wer sagt, dass, wenn ich dagegen renne um zu testen, ob er da steht und mich an ihm anschlage, mir nicht einbilde, mich anzuschlagen oder mir irgendeine Ersatzenergie, die sich manifestiert, den Eindruck vermittelt, dass ich gegen Materie stosse?

Solch Überlegungen konnte ich nur mit Martine teilen. Sie war die einzige Person in meinem Leben gewesen, die mich verstanden und ernst genommen hatte. Die Einzige! Wie sehr mir das jetzt bewusst wurde! Sie half mir, mich nicht so isoliert, so einsam und so anders zu fühlen, selbst wenn sie physisch abwesend war. Allein zu wissen, dass es jemanden gibt, der dich versteht ...

Ein Hüsteln liess mich auffahren. Ich war so in meine Gedanken vertieft, dass ich versäumte, zu bemerken, dass sich mir jemand genähert hatte. Um mich nicht zu erschrecken, hüstelte Pierre mehrmals. *„Guten Tag, Jacques!" „Aah, guten Tag, lieber Pierre! Was führt dich in diese schäbige Gegend?"* Pierre runzelte die Stirn. *„Ich musste raus, weg, einfach fort. Ich halte es nicht mehr aus, ich ertrage es nicht mehr. Vater hat mich wieder gerügt, mir gedroht, er würde von mir als Sohn nichts mehr wissen wollen, wenn ich nicht vorwärts machen würde mit ... mit ... SEINEN Plänen mit mir. Er bemerkt nicht, dass ich erwachsen bin, eigenständig, meine Wünsche, Vorstellungen und Vorhaben habe, sogar Träume. Er versucht, alles zu zerschlagen. Er versucht, mich in eine Enge zu treiben, damit ich nachgebe. Er versucht, mir meinen Willen zu brechen, damit ich das mache, was er sich vorstellt, um in die vorhandenen gesellschaftlichen Strukturen und Erwartungen zu passen. Ach, es ist einfach zum ...!"*

Dann lief uns Martine über den Weg. Sie ignorierte mich und begann, mit Pierre zu turteln. Es erstaunte mich, denn sie schienen sich zu kennen und davon wusste ich nichts …

„Pierre, wie geht's? Du siehst gar nicht gut aus!", rief sie ihm entgegen. Pierre schüttelte den Kopf, brach plötzlich in Tränen aus und liess sich von Martine umarmen und trösten. Er berichtete detailliert und schluchzend, was er mit seinem Vater erlebt hatte und ich stahl mich davon. Das war eine gute Strategie, sich davonzuschleichen, zu fliehen, aus der Situation, die so unangenehm ist, dass man nicht weiss, wann wie und wo man wie und warum reagieren oder auch nicht reagieren soll, darf, kann, muss. Ich bin nicht gut in sowas, ich bin einfach ich selbst und tappe dadurch permanent in Fettnäpfchen. Also lasse ich es lieber und erspare mir und meinen Mitmenschen jegliche Unannehmlichkeiten, indem ich mich davonstehle. Mir war nicht bewusst, dass ich durch solch ein Verhalten sogar starke Unannehmlichkeiten hervorrief, ich wusste es nicht, weil es mir nie jemand sagte oder dann zu spät. Wieder zu spät …

Als Pierre mich unter unserem Baum, wo wir oft sassen und uns intensiv austauschten, vorfand, blickte er mich vorwurfsvoll an: *„Nie bist* *du da, wenn man dich wirklich braucht. Du magst ein exzellenter Philosoph und ein noch viel faszinierender Dichter sein, aber was deine freundschaftliche Unterstützung in wirklich schlimmen Situationen anbelangt, bist du höchst, aber wirklich höchst unzuverlässig!!" „Woher kennst du Martine?",* fuhr ich ihn an. *„Und warum weiss ich nichts davon?"* Pierre blickte mir erstaunt in die Augen und ein schelmisches Blitzen leuchtete auf. *„Ahaaa, eine Dame des Herzens, nicht wahr? Deine heimliche Liebe, was? Gelten ihr deine Gedichte? Ja, sie ist sehr, wirklich sehr wundervoll, diese junge Frau. Ich kann meine Finger auch nicht von ihr lassen, meine Augen so und so nicht ..."*

Pierre konnte nicht weiterreden, denn ich stürzte mich auf ihn und würgte ihn, bis er rot anlief und keuchte. Entsetzt darüber, was in mich gefahren war und in Erinnerung an mein Trauma mit Jaques liess ich angewidert über mich selbst ab. Pierre zitterte am ganzen Leib und kroch verängstigt und mit weit aufgerissenen Augen rückwärts und gleichzeitig von mir weg, währenddem er beschwichtigend stotterte: *„Aaa...aaa...aaa...alles klar, Jacques, ich weiss Bescheid. Es ist ganz allein dein Mädchen. Ich rühre sie nnn...nnniiiiiiiiii...nicht wieder an. Versprochen. Ehrlich. Nnnnn...nnnn...nie wieder!"* Dann stand er auf und stürmte davon, während ich ihm hinterherrief: *„Nichts versteht ihr, nichts! Absolut gar nichts! Ich hasse euch!! Ich hasse mich!!! Ich hasse diese Welt!"*

Voller Wut, Scham, Zorn und Verzweiflung rannte ich drauflos. Wer mir in die Quere kam, wurde über den Haufen gerannt, rücksichtslos und ohne Achtsamkeit. Es zählte im Moment nur dieses riesengrosse Gefühlschaos in mir, die Gefühlshölle. Warum musste das passieren? Warum musste das so sein? War das Leben nicht schon schwer und verzwickt genug? Musste es mir nun auf irgendeine perverse Weise noch den zweiten Menschen nehmen, der mir nahe stand und den ich liebte? Mehr liebte, als er es je ahnte? Pierre liebte eine Frau. Meine Sehnsucht und Hoffnung, dass etwas aus uns werden könnte, zerschlug sich im Augenblick. Nun konnte ich erahnen, wie Martine sich gefühlt haben musste, als sie merkte, dass ich in der Liebe nichts von und mit ihr will. „Martine …", schoss es mir durch den Kopf. „Pierre …" und dann wurde es schwarz vor meinen Augen und ich versank in eine Ohnmacht, die mir sehr wohl tat, weil ich für den Moment nichts wusste, nichts spürte, nichts dachte …

Als ich erwachte, zitterte ich vor Kälte am ganzen Leib. Die Menschen hasteten an mir vorbei, ohne mich zu beachten oder mir helfen zu wollen. Ja, so war die Welt. Wenn sie was von mir wollte, hatte ich da zu sein. Aber wenn ich nicht nur etwas von der Welt wollte, sondern sogar brauchte – ich rede von Bedürfnissen – griff ich ins Leere. Keine Hand, die mir gereicht wird, mir aufhilft, mich hält und tröstet. Nichts. Niemand. Hoffentlich werde ich nicht krank. Das konnte ich jetzt nicht gebrauchen. Ich wusste nicht, wie lang ich in der Kälte lag und mein Körper der Unterkühlung anheim gesetzt wurde. Mein seltsamer, deformierter, schwacher Körper. Unbeachtet, unattraktiv, ungeliebt – und das am meisten von mir. Und dann kehrte die Erinnerung zurück. Und mir wurde bewusst, dass die Ohnmacht meine Probleme nur aufgeschoben, leider aber nicht aufgehoben hatte. „Martine …, Pierre …".

Martine kann es nicht lassen!
Paris im Jahre 1717, 5. Mai

Der kühle Wind erinnerte mich daran, dass ich einen Körper aus Fleisch und Blut hatte, der darauf reagierte. Kennt ihr das, wenn ihr euch selbst nicht mehr spüren könnt? Wenn ihr das Gefühl habt, neben euch zu stehen, neben eurem physischen Körper? Es ist wie eine Flucht, weg von den Gefühlen, weg von den Gedanken, weg vom Alltag und hin zu den Träumen …

Das funktioniert aber nur, wenn es dem Körper gut geht und er nicht vor Kälte schlottert. Mein Körper zitterte so fest, dass mein Ober- und

Unterkiefer regelrecht aufeinander schlugen. Und obwohl ich gar keinen guten Bezug zu meinem Körper hatte, machte ich mir zum ersten Mal so richtig Sorgen. Was, wenn ich krank würde, so richtig fest krank? War da jemand, der mir helfen konnte? Der mir helfen wollte? Mich pflegen, unterstützen, mir beistehen? Vor einer Weile wären da noch Menschen gewesen. Zwei mir sehr nahestehende Menschen, Pierre und Martine. Ich hatte sie ja vergrault, mit meinen Worten, meinem Verhalten, meiner Art – oder besser gesagt Unart. Es tat mir so leid, unendlich leid, was geschehen war. Es hätte ganz anders ablaufen können, ohne meine Aussetzer.

Ich kam nicht auf die Idee, mich zu entschuldigen, auf die zwei zuzugehen, weil ich davon ausging, dass ich es auf immer und ewig mit ihnen vertan hatte. Ich kam nicht auf den Gedanken, dass Freunde – richtige Freunde – eine zweite Chance geben, bereit sind, zu reden, zu klären, zu vergeben und um Vergebung zu bitten. Ich kam gar nicht darauf, weil ich mich nicht als Wert dafür erachtete. Einen persönlichen Wert gab es nicht in meinem Leben, was mich anbelangt. Kein Mensch erkannte meinen Wert, förderte ihn oder ermutigte mich, als ich Kind war, diesen zu sehen, zu spüren, anzuerkennen und zu integrieren. Es war wie etwas Fremdes, das andere hatten, das andere beglückte, mir aber sehr fern war, mir wie nicht zustand. Ich hatte mich daran gewöhnt und dies prägte negativ meinen zwischenmenschlichen Umgang. Die, die anders waren, so wie ich, könnten Verständnis und Sympathie für mich haben, aber sie waren ja selbst so verkorkst, dass sie wiederum nicht zugänglich oder an ihren Mitmenschen interessiert wären …

Das Unerwartete geschah: Martine wartete vor meiner bescheidenen Unterkunft auf mich. Sie stand da und blickte verstohlen, neugierig, etwas schuldbewusst aber auch bestimmt und fast schon etwas zu grimmig – gespielt grimmig, würde ich sogar sagen – in meine Richtung. Mein Gang wurde langsamer, obwohl ich schnell in die Wärme wollte. Warm war es zwar nicht wirklich in meiner bescheidenen Unterkunft, doch besass ich dank Martine einige Wolldecken, in die ich mich hüllen wollte. Ohne ein Wort zu sagen, streckte sie mir ihre Hand entgegen und führte mich in mein Heim, half mir wie selbstverständlich, mich zu entkleiden, wobei ich mich unendlich unwohl fühlte bei dem Gedanken, dass ein Mitmensch meinen deformierten Körper zu Gesicht bekommen könnte und ich Spott, Urteil, Schmach und Verletzung ausgesetzt sein würde. Und Fragen, vielen Fragen. Ich wurde nicht gern ausgezogen, auch meine Seele nicht. Ich habe gelernt, mich zu schützen, indem ich mich vorenthielt, unsichtbar machte, so oft und so intensiv ich es nur konnte. Wenn ich mich sicher und gewappnet fühlte, mich der Welt zu stellen, dann kam ich hervorgekrochen aus meinem Schneckenhaus, das eine so gute Tarnung besass, dass mich meine Mitmenschen wirklich nicht wahrnahmen!

Aber Martine war da und wollte mir helfen, weil sie meine Not sah, spürte und sich wahrscheinlich genauso Sorgen um meine Gesundheit machte, wie ich es selbst tat. Ich entkleidete mich sehr hastig und riss die nächstbeste Wolldecke an mich, wickelte mich rasant ein, sodass Martine gar nicht die Gelegenheit bekam, einen Blick zu erhaschen. Sie schob das wahrscheinlich auf die Tatsache, dass ich fror oder mich genierte. Sie wusste ja nicht, welches Leid tatsächlich hinter meinem Verstecken lag ... *"Jacques, du wirst noch krank werden, wenn du dich nicht wärmst! Ich mach dir einen Tee!"* Martine bereitete mir einen Tee zu, das war auch etwas, das nur dank ihres Wohlstandes für mich möglich war, einen einfachen Tee, aber für mich war es der beste Tee, den ich je gekostet hatte. Das lag vor allem daran, dass da ein Mensch war, der sich um mich sorgte, meine Bedürfnisse wahrnahm und stillte. Das war der Himmel für mich, mehr, als ihr je glauben könntet.

Und dann geschah es, das Unmögliche, ein zweites Mal. Martine schien nicht begriffen zu haben oder ihre Gefühle gingen mit ihr durch. Erst näherte sie sich mir langsam, strich mir über den Rücken – ich dachte, um mich zu wärmen und genoss es sichtlich, was sie wohl falsch verstand – um sich dann an mich zu schmiegen, meine Hand zu nehmen, sie bewundernd anzublicken und zu streicheln. Dann strich sie mir sanft über meine Wange, was Gefühle in mir weckte, wie wenn sich endlich eine Mutter meiner annehmen würde. Auch das interpretierte Martine falsch und meinte wohl, ich wäre ihr und körperlicher Liebe zugeneigt.

Plötzlich glitten ihre Hände unter meine Wolldecke und ich erstarrte. Anstatt wie schon einmal meiner Reaktion freien Lauf zu lassen, zwang ich mich, mich zu beherrschen, nur nicht negativ zu reagieren, sondern überlegte, versuchte, einen klaren Kopf zu bewahren und auf eine Lösung zu kommen, wie ich angemessen reagieren könnte. Leider verstrich zu viel Zeit und Martine begann eine klare Grenze zu überschreiten, die über das Freundschaftliche weit hinausgeht. Jetzt konnte ich mich nicht mehr zurückhalten und sprang auf. Am liebsten hätte ich ihr die Augen ausgekratzt, wie ein Kater, der sich wehrt, weil sie solch ein Leid in mir auslöste: Ekel, Abscheu, Widerwärtigkeit und eine Entwürdigung meines eh schon von Natur aus entwürdigten Leibes. Gleichzeitig glitt die Wolldecke von meinem Körper und ich stand da, so, wie mich das Höhere erschaffen hatte.

Martine quietschte auf, sicher nicht vor Vergnügen, sondern vor Erstaunen und gleichzeitig Entsetzen:

„Jacques ... was ist denn das?!" Dabei zeigte sie auf meine Brust. *„Hattest du eine Schlägerei, was ist dir zugestossen? Wie kann es sein, dass du ... dass du ... so ein Loch in deiner Brust hast?"*

Es erstarrte in mir, um mich und ich sackte in mich zusammen. Diese Schande, diese Schmach, diese Verletzung. Ich schluchzte, es schüttelte meinen Körper, diesmal nicht vor Kälte, sondern vor Schmerz. Ich konnte nicht sprechen, ich konnte wirklich nicht sprechen und Martine wusste nicht mehr, wie sie sich verhalten sollte. Auch einer Martine kann das passieren, dachte ich mir, sieh einer an. *„Jacques, hab ich was Falsches gesagt? Es tut mir leid, bitte rede mit mir! Was ist?"* Ich konnte nur ein *„Bitte lass mich in Ruhe"* und ein *„Danke für alles"* herauswürgen, bevor ich mich dann endgültig in mich verkroch und für nichts und niemanden mehr zugänglich war. Und wenn ich nichts und niemand sage, so meine ich das auch wortwörtlich so ...

Wind und Wetter

Paris im Jahre 1717, 6. Mai

Mein Bewusstsein wechselte in eine Ebene der Isolation. Als ich beschloss, mich in mich zu verkriechen und die Verbindung zur Aussenwelt abzubrechen, beging ich freiwillig eine schwerwiegende, folgeträchtige innere Handlung. Heute würde ich es nicht mehr tun, denn ich weiss nun, was ich alles verursacht, ausgelöst und wortwörtlich ausgebadet habe. Da wird die Seine eine Rolle spielen, aber es wird um ein anderes Bad gehen, als ihr es denkt ...

Jedenfalls spürte ich die Welt um mich herum nicht mehr richtig, ich war wie abwesend. In dieser Phase gelangen mir meine Gedichte besonders gut, weil ich durch nichts abgelenkt war. Aber ich sorgte auch gar nicht mehr für mich, weil mich die Welt um mich, die mich so verletzte und so viel Leid brachte, nicht mehr kümmerte. Mein unansehnlicher, deformierter Körper verdiente meines Erachtens eh keine besondere Zuwendung und da meine Liebe zu einem Mann auf keine Gegenliebe stiess und eine Frau mir ihre Liebe aufzwängen wollte, war mir das Thema verleidet.

Die Welt um mich mit all ihrem Leben, ihrem Hell und Dunkel zog Tag für Tag, Woche für Woche und Monat um Monat an mir vorbei und da ich meinen Körper recht verwahrlosen liess, extrem vernachlässigte, musste ich auf meine Mitmenschen wie ein schäbiger, stinkender Bettler wirken. Genauso armselig war ich ja auch auf gewisse Weise, vielleicht anders, aber armselig in einer Intensität, die das Körperliche weit überstieg und das Emotionale mit einflocht. Nur mein Geist war immer hell, klar und rein, weil er nichts mit der Liebe zu tun hatte, im Gegensatz zu Gefühlen und Körper. Mein Geist arbeitete zuverlässig und erschuf dann so schöne Inhalte, so erhebende, beglückende, dass das wie Nahrung für meinen Körper war, dem ich die übliche irdische Nahrung vorenthielt, so oft es ging, weil er mich einfach nicht mehr kümmerte.

Ich blendete ihn und seine Bedürfnisse einfach aus und dies gelang mir so gut, dass ich gar nicht bemerkte, wie sich eine körperinterne Wut und Selbsthass anstaute, zu brodeln begann und zu explodieren drohte. Ich ordnete diese Gefühle gar nicht meiner Person zu, weil ich mich ja nicht mehr spürte, nur noch meinen Geist, der so sehr gespeist wurde, dass durch die Fülle ein unerklärlicher und nie gekannter Kopfschmerz entstand. Ich hatte meine ganze Energie, Lebensenergie, immer zuoberst.

Die Wut und der Selbsthass suchten sich ihren Weg, nagten, bohrten, frassen und als sie sich durch alle meine Schutzschichten durchgefressen hatten, waren diese präsent, so sehr, dass ich mich überrumpelt fühlte, obwohl sie fairerweise schon lange anklopften. Sie waren plötzlich da, schäumten und bäumten sich auf und ich drehte fast beinahe durch, meinte wahnsinnig oder zumindest verrückt zu sein oder es zu werden.

Meine Worte konnten gar nicht genug Ventil sein in meinen Gedichten und so rannte ich nach draussen, am liebsten in den Regen, rannte und rannte, bis ich mich beinahe erkältete und liess Wind und Wetter ihre natureigene Transformations- und Reinigungsarbeit mit mir geschehen. Es half ein bisschen, aber noch mehr hätte es mir geholfen, an die Menschen und die Welt angebunden zu sein und mich ihnen mitzuteilen, rechtzeitig, häppchenweise, um den riesigen Vulkan nicht meinen zähmen oder zumindest unter Kontrolle bekommen zu müssen.

Das menschliche Geburtsrecht von Freiheit und Erfüllung

Paris im Jahre 1717, 13. Oktober

In solch einem Moment lief mir Pierre über den Weg. Pierre, der sich gelöst hatte, Pierre, der sich befreit hatte aus den Fängen von elterlichen Zielen und Werten und dem damit verbundenen Druck der Gesellschaft. Pierre strahlte, sah glücklich und frei aus.

So wirkt also ein Mensch, der sich gefunden hat, mit sich im Reinen ist, weil das Sprengen äusserer Ketten und Einschränkungen einer inneren Befreiung folgte. Anders herum wäre es nicht gegangen, denn da wären dann Vorbehalte, Schuldgefühle und Zweifel gewesen, die ihn wieder in alte Muster zurückgedrängt hätten. Aber so war es stimmig für Pierre, denn er wusste um sein menschliches Geburtsrecht von Freiheit, Glück und Erfüllung. Seine positive Einstellung dem Leben gegenüber zog immer mehr positiven Zins und Zinseszins in sein Leben, es spiegelte es ihm unaufhörlich. Und genau so ein Pierre vermochte es, durch meine Mauern zu dringen, Gräben zu überwinden, weil ich noch ein Fünkchen Gefühl für ihn in meinem Herzen hatte. Es war einfach unmöglich gewesen, dieses auszulöschen und als ich ihn vor mir stehen sah, hüpfte dieses Fünkchen vor Freude und wollte am liebsten zur Flamme werden.

Pierre freute sich unsagbar, mich zu sehen und erschrak gleichzeitig über mein verwahrlostes Äusseres. Er bat mich, mit zu ihm zu kommen, denn er hatte eine ansehnliche eigene Bleibe, schön eingerichtet und frei von allen äusseren Einflüssen. Ich konnte gleich sehen und spüren, dass Pierre dort lebte, voll und ganz, nach seinem Geschmack und auch Willen. Pierre badete und kämmte mich und kümmerte sich liebevoll um mich, als wäre ich sein liebster Schatz. Gefühle wallten in mir hoch, ein positiver Vulkan und als ich Pierre begierig auf seinen

Mund küsste, erstarrte ich innerlich, weil ich mir überlegte, was ich da einfach machte. Ohne Vorwarnung, wie Martine, wollte ich mir einfach holen, von dem ich glaubte, dass es mir zustand. Umso erstaunlicher für mich, dass Pierre sich in keinster Weise abwandte, sondern sogar meinen Kuss erwiderte, immer tiefer versank und wir uns schliesslich innig, voll und ganz unserer körperlichen Zuneigung und Liebe widmeten. „Aber Pierre liebt doch Martine …", schoss es mir durch den Kopf. „Wie es damals klang, liebten sie sich sogar körperlich …", dachte ich des Weiteren. Jedoch die Erfüllung der Erwiderung Pierres Gefühle und Liebe liess mich alles schnell wieder verdrängen und die sinnliche Wonne von Zärtlichkeit und Glück geniessen.

Die grosse innere Zwickmühle

Paris im Jahre 1717, 23. Dezember

Heimlich und ganz geheim waren wir ein Paar. Pierre und ich hatten uns gefunden und liebten uns heiss und innig. Dieser unglaubliche Pierre verhalf mir zu einem positiven Lebensgefühl und auch zu einem guten Bezug zu meinem Körper. Ich fühlte mich unendlich geliebt, angenommen und es wert, mich zu pflegen. Und ich wollte Pierre gefallen, ich wusste, er liebte mein Inneres und so wollte ich ihn auch äusserlich ansprechen.

Ich konnte nicht begreifen, dass er meine Brust schön finden könnte. Die mit dem Loch, mit der Delle, wo Martine glaubte, ich hätte eine Schlägerei gehabt. Pierre äusserte sich nie zu meiner Brust. Er strich wie selbstverständlich über all meine Körperpartien und weil wir ja überall Unebenheiten an unserem Körper haben, schien diese eine weitere nicht aufzufallen. Mir tat es gut, mir nicht den Kopf darüber zerbrechen zu müssen, wie ich mit dieser Brust auskommen könnte. So wie Pierre nahm ich sie an und begann sogar, sie zu pflegen. Bei der

Körperpflege sparte ich diese sonst immer aus, wie auch meine Ohren, die so schrecklich abstanden, wie ich glaubte. Durch meinen kreativen Wuschelkopf schienen sie aber gar nicht so aufzufallen. Nur ich war immer so sehr streng und kritisch mit mir selbst ...

Einen Tag vor dem Weihnachtsfest, dem Familienfest, ging es Pierre gar nicht gut. Seine Familie erwartete zumindest an den Feiertagen, dass Pierre sich blicken lassen und mit ihnen feiern sollte. Er hatte sich von der alten Struktur gelöst und war sehr glücklich, frei, befreit ... und nun war er im Dilemma, in einer grossen, inneren Zwickmühle. Er ahnte, dass seine Familie die Festlichkeiten dazu nützen würde, Pierre wieder zur Vernunft und auf den richtigen Weg, wie sie es sagten, zu führen. Der Abtrünnige wurde nicht als verloren, sondern nur als zeitweilig verirrt angesehen. Wenn seine Familie wüsste, was Pierre da in der Liebe trieb, so würde alles ganz anders aussehen ...

Pierre bat mich um Verständnis, dass er Weihnachten, zumindest den Heiligen Abend, bei seiner Familie feiern würde. Danach käme er dann zu mir. Ich ahnte nicht, welch Katastrophe das Weihnachtsfest für sämtliche Beteiligten bedeuten würde ...!

Der unheilige Heilige Abend

Paris im Jahre 1717, 25. Dezember

Nach einem dunklen und einsamen Heiligen Abend, an dem ich mir mehr als bewusst wurde, dass ich keine Familie hatte – so wie jedes Jahr, nur dieses Jahr war es noch schlimmer, weil ich meine Liebe gefunden habe – tauchte Pierre bei mir auf.

Völlig verstört blickte er ins Leere und all sein Elan, sein freies und glückliches, selbstbewusstes Sein war weg, seine Ausstrahlung dahin, als hätte ein Dämon ihn geohrfeigt und ihm damit das letzte Fünkchen Seele aus seinem Körper ausgeschlagen. Leere, starre Augen, Pierre schlotterte am ganzen Leib. Ich nahm ihn liebevoll in meine warmen Arme, sie waren erwärmt von meinem Herzen, das jedes Mal aufging, wenn ich Pierre sah. *„Was ist los, mein Liebling?"*, fragte ich ihn. Wortlos sank Pierre auf einen Stuhl und als er beinahe zusammenklappte, legte ich seinen Arm um meine Schulter und hievte ihn auf mein Bett. *„Nun sag doch, was ist geschehen?"*, drängte ich ihn. *„Es ist nicht zu fassen"*, antwortete er mir. *„Nicht zu fassen, dass sie da mitmacht." „Wer macht bei was mit?"*, hakte ich nach. *„Na, Martine. Dass sie mitmacht bei der Verschwörung rund um mein Zurückkommen auf den rechten Weg. Martine schien mir so vertrauenswürdig und anders als die anderen jungen Frauen auch intelligent. Aber ich muss mich wohl getäuscht haben ..."* Nun wurde ich sehr, sehr stutzig. Die Gedanken, die während unserer allerersten Liebesnacht kamen und die ich wieder wegdrängte, zwängten sich nun auf, unerbittlich und ein schlechtes Gefühl in der Magengrube auslösend. *„Pierre, was ist denn mit Martine? Habt ihr? Hast du ...?"*

Dann erstickte meine Stimme in meinen Tränen, denn sie flossen unaufhörlich in der Vorahnung, dass Pierre etwas ganz Schlimmes entblössen würde. Wollte ich es wissen? Konnte ich es ertragen? Aber nun war es zu spät, Pierre hatte angefangen zu berichten und musste es zu Ende bringen, um mich nicht zu quälen. Ich war sehr feinfühlig und feinspürig und wusste längst, dass etwas Gröberes auf mich zukommen würde ... *„Jacques, ich muss dir etwas erklären ... ich möchte dir was erklären ..."*, begann Pierre vorsichtig und ich nickte und schluckte erst einmal leer. *„Bei meinem inneren Befreiungsprozess entdeckte ich meine Liebe zur Vielfalt, auch die Liebe betreffend. Jacques, ich liebe nicht nur dich, sondern auch Martine."*

Das war wie eine riesige Ohrfeige und ein Stich mitten ins Herz. Was geschah da? Wie geschah mir da? Was redete er da? Wie kann er auch Martine lieben? Man liebt doch nur einen Menschen, wie soll das gehen? Ich fand es schon verrückt, dass sich gleiche Geschlechter lieben könnten aber das, was Pierre da eben ansprach, überstieg mein Fassungsvermögen. Mein Kopf drohte eh schon zu platzen, nun drehte sich mir der Magen und eine intensive Schwäche begann, meinen gesamten Körper zu lähmen. Die Schwäche als Resultat der Erkenntnis, dass das, was einem schön, lieb und heilig war, nur eine Illusion, nur ein auf Sand gebautes Schloss war, das nun einstürzte und mein ganzes Sein mit sich riss. Mein Sein, das Pierre so liebevoll und einfühlsam aufbauen und heilen half. All das zerstörte er mit seiner Rede, mit seinem Tun. All das und noch mehr, mein Wert, meine Würde sanken auf den Grund der Hoffnungslosigkeit und ich meinte, innerlich zu sterben und in einer endgültigen Hölle zu landen, die unbeschreiblich kalt, leer und dunkel ist. Pierre hatte mir das Herz gebrochen und meine Seele in zwei Hälften gerissen. Eine Hälfte befand sich in meinem überall schmerzenden und vor Wut und Enttäuschung zitternden Körper, die andere Hälfte in der vorhin beschriebenen inneren Hölle.

Als Pierre näher rückte und seinen Arm um mich legen wollte, stiess ich ihn grob von mir weg. Pierre erwartete diese Reaktion wohl, denn er sprach weiter, ohne sich um meinen Zustand zu kümmern. Vielleicht war er auch zu sehr mit sich beschäftigt, um zu merken, wie schlecht es mir ging. *„Jacques, das, was ich mit dir erleben durfte, übersteigt alles bisher Gekannte an Schönheit, Anmut, Liebe und tiefstem Gefühl, Verbundenheit, Inspiration und Geborgenheit. Ich fühle mich bei dir angekommen und unendlich wohl. Daher habe ich die Geschichte, eher Liebelei, Schmeichelei des Egos mit Martine beendet. In Wirklichkeit liebe ich dich, sogar sehr und da wird nichts dazwischenkommen können, wenn es nach mir geht."* *„Wenn es nach dir geht? Wenn es nach dir geht?"*, schleuderte ich ihm entgegen. *„Und was ist mit mir? Mit meinen Gefühlen? Ist dir eigentlich klar, was du da in mir angerichtet hast? Einen Weltuntergang hast du da veranstaltet! Einen Traumuntergang, ein schöner Traum, der wirklich erschien und nun als Illusion verpufft! Das hast du angerichtet! Du hast mich enttäuscht, ja genau, das ist das richtige Wort. Die Täuschung ist weg, ENT-TÄUSCHT hast du mich!!!! Wie lange ging das denn mit Martine? Wann wolltest du es* *mir denn sagen? Wagst du es, mit ihr und gleichzeitig mit mir intim gewesen zu sein? Was, wenn du mich mit etwas angesteckt hast? Von der Verletzung, dem Betrug, dem Fremdgehen ganz zu schweigen …!"*

Nun wurde Pierre ganz blass. An eine Ansteckung durch ungeschützten Verkehr hatte er gar nicht gedacht. Dass er Jacques zutiefst verletzt haben könnte, auch nicht. Er ging davon aus, dass sie die gleiche Einstellung, die gleichen Werte teilten, was die Liebe betrifft. Dem war aber nicht so. Jacques konnte Liebesdinge nicht locker sehen, es war ihm etwas sehr Ernstes, da Kostbares. Pierre bekam sein Leben lang Liebe von allen Seiten, selbst wenn er mit seinem Vater uneins war. Doch die Liebe seiner Familie bewog sie dazu, sich nicht ganz von Pierre abzuwenden. Jacques hatte nie richtig Liebe erfahren bzw. Liebe von einer Frau angeboten bekommen, die er nicht erwidern konnte und wollte …

Ja, liebe Leserinnen und Leser, ihr könnt euch vorstellen, wie es mir wegen Pierre zumute war. Ich wusste nicht, was ich tun und was ich lassen sollte. Mir wurde bewusst, wie hörig ich ihm gewesen und wie abhängig ich mich von ihm gemacht hatte. Und dies, obwohl ich eigenständig und sehr freiheitsliebend war. Ich war noch nie von jemandem abhängig gewesen und wusste schon als Kleinkind für mich zu sorgen!

Trotz bäumte sich in mir auf und ich wollte Pierre und der Welt beweisen, dass ich sie nicht brauchte. Ich verschloss mich Pierre gegenüber, was wiederum eine innere Hölle in ihm auslöste. Pierre liebte mich wirklich und aufrichtig und wollte den Rest des Lebens mit mir verbringen. Dass Martine am Heiligen Abend bei seiner Familie eingeladen und dazu bestimmt war, seine feste Freundin zu werden, wusste Pierre nicht – ihre Liebeleien und Affären mit Pierre sind der Familie nicht entgangen und Martine war aus wohlhabendem Hause, einfühlsam, intelligent und konnte sogar ein Instrument spielen. Eine Wunschpartie. Daher luden sie Martine ohne Pierres Wissen ein und sie warf sich ihm an den Hals, zerrte ihn zu späterer Stunde in ein Nebenzimmer und wollte sich sehr gerne körperlichen Vergnügungen hingeben. Pierre konnte und wollte aber nicht, was Martine bemerkte und als er ihr alles mit seiner aufrichtigen, tiefen Liebe zu Jacques gestand und um ihr Verständnis rang, reagierte Martine so verkehrt, wie sie nur konnte. Aus ihrer Verletzung heraus, vermischt mit der alten Verletzung durch mich, und nun spielte ich schon wieder eine Rolle, ohrfeigte sie Pierre, was ja noch gehen würde, um dann zu seiner Familie zu stürmen und ihr alles preiszugeben, dramatisch schluchzend und die Arme gen Himmel werfend.

Ihre tieftraurige Klagerede löste viel Wut, Scham und Betroffenheit in der Familie aus und so nahmen sie Martine mitleidig auf und verbannten Pierre aus ihren Kreisen – für immer, wie sie meinten, weil dies mehr war, als sie ertragen konnten. Bei solchen Irrwegen hätten sie den Glauben verloren, dass Pierre auf den richtigen Pfad zurückfinden könnte und sie äusserten ihren Unmut und dass Pierre froh sein könnte, dass sie aus Scham gegenüber der Gesellschaft über seine Beziehung mit einem Mann schweigen würden.

Als der Pierre mir das alles erklärte an eben diesem besagten Katastrophenabend, drang alles gar nicht wirklich zu mir hindurch, es war wie durch Watte und ich befand mich in einer inneren und äusseren Lähmung, der ich mich hingab, ohne mich wehren zu wollen. Ich hatte ja auch keinen Grund mehr, keinen Antrieb, denn alles, was mir heilig, lieb und teuer war, war zerstört, beschädigt durch den Menschen, den ich einst so liebte.

Nun empfand ich schlagartig nichts mehr für Pierre, sondern verschloss mich ihm vollständig, was er spürte und verzweifelt dagegen anzukämpfen versuchte. Doch er blieb ohne Erfolg. Sollte er doch selbst sehen, wie er wieder aus seiner inneren Hölle kommen wollte, ich hatte schon so viel erlebt und überstanden, dass ich mir sicher war, einen Weg zu finden, wieder mit mir und dem Leben klarzukommen.

Meeresdämon versus Schutzengel

Paris im Jahre 1717, 28. Dezember

Das dachte ich, bis ich das Erlebnis mit Martine hatte. Sie kam vorbei, um nach mir zu sehen. Sie hatte mitbekommen, dass ich krank zu Bette lag und machte sich Sorgen. Als sie durch meine Tür spaziert kam, waren beiderseits alle Vorfälle, Vorwürfe und Kummer vergessen. Ich freute mich so unwahrscheinlich, dass da ein Mensch war, jemand, der sich um mich kümmerte, dass es mir völlig gleichgültig war, dass es sich um Martine handelte. Momentan war für mich Pierre der Böse und Martines Unarten in den Hintergrund gerückt.

Als sie herzlich auf mich zukam und mich liebevoll begrüsste, mit angenehmer, freundlicher Distanz, ging mein Herz auf. Martine bereitete Speis und Trank zu und hüllte mich bewusst achtsam in meine Wolldecken. Es tat so wohl und ich genoss es in vollen Zügen. Dann kam Martine aber auf Pierre zu sprechen und ich verstummte innerlich und äusserlich. Ich fragte mich, was da wohl kommen möge und warum. Was bezweckte Martine mit dem Erwähnen Pierres? Was mit den detaillierten Beschreibungen über ihre Beziehung oder Affäre oder was es auch immer gewesen sein mochte? Ich lauschte aufmerksam und Martine gab sich ihrem Redefluss hin. Es war wie ein Meer, das wogte, dann wieder still und friedlich ruhte, kein Kräuseln auf der Oberfläche zu bemerken war.

Als der Part mit Heiligabend kam, bäumte sich etwas wie ein Meeresdämon in Martine auf und schäumte vor Wut ob all der schlimmen Dinge, die da waren. Für Martine war Pierre offensichtlich auch der böse, unaufrichtige, unachtsame und gemeine Kerl. Schliesslich waren Martine und ich eine solidarische Gemeinschaft, was Pierre betraf, unsere Meinung über Pierre, unsere Einstellung ihm gegenüber. Ich fühlte mich erleichtert, denn Martines Konzentration auf Pierre liess mich glauben, sie hätte ihn ins Herz geschlossen und von mir abgelassen. Ich sollte mich irren.

Martine sah mich plötzlich mit ihrem speziellen Blick an und ich hatte das Gefühl, sie würde mich mit ihren Blicken ausziehen. Ich wusste ja nicht, dass Pierre sich ihr anvertraut hatte, so sehr, dass er Details aus unserem Liebesleben berichtet hatte, die eigentlich keine dritte Person etwas angingen. Martine faszinierte aus Pierres Erzählungen meine feinfühlige, liebevolle, zärtlich-hingebungsvolle Art zu lieben und auch Liebe zu empfangen und so festigte sich ihr Ansinnen, mein Herz zu gewinnen.

Da Pierre beiden Geschlechtern zugetan war, nahm Martine wohl an, dass es bei mir auch so wäre. Die Tatsache, dass Pierre mehr als nur einen Menschen zu lieben vermochte, traf wie es aussah auch auf Martine zu, die nahm, was sie an Liebe bekommen konnte, egal von wem und von wie vielen verschiedenen Personen. Martine wuchs in einem wohlhabenden Elternhaus auf, in dem Strenge und Kälte regierte und Liebe und Wärme, Geborgenheit und aufrichtiges Interesse am seelischen Wohl der Kinder fehlte. Es mangelte den Eltern an einem gewissen Bewusstsein, dass wir mehr als nur Körper, Gedanken und Gefühle sind, höhere Bedürfnisse haben. Martine hatte wie ich auch diese besonderen Bedürfnisse und keiner vermochte sie zu stillen. Potenziell war es meine Person, die höhere Liebe zu empfangen und zu geben vermochte und Martine spürte es instinktiv. Daher war ihr Verlangen nach körperlicher Liebe mit mir so unendlich gross geworden, erst recht, als Pierre detailliert zu beschreiben wagte, was wir Schönes miteinander erlebt hatten.

Nach diesem besonderen Blick, den sie mir zuwarf und ihrer aufrichtigen Zuneigung, die wieder erblühte gepaart mit meinem Trotz, entstanden aus den Verletzungen rund um Pierre, entstand eine ganz eigene, nie da gewesene Situation, eine Plattform, die es erlaubte, dass Martine und ich begannen, uns anzunähern. Ich gab mich neugierig, was kommen würde und erstaunt ob mir selbst, jedoch gleichgültig der Folgen, welche noch kommen könnten, Martines Annäherungsversuchen hin. Sie seufzte sichtlich zufrieden, als sie bemerkte, dass ich nicht erstarrte oder blockierte, mich nicht wehrte oder verschloss, sondern ganz zart wie eine Knospe, die sich langsam dem frühlingshaften Sonnenlicht hingibt, öffnete. Als wir uns dann küssten, regte sich leichter Widerstand in mir, den ich aber aus zuvor erwähntem Trotz ignorierte und wieder einmal meine eigene Grenze missachtete. Was im nächsten Schritt erfolgte, war ein dermassen heftiger, unkontrollierter Vulkan der Wut und Grimmigkeit, der sich entlud, ohne Vorwarnung, dass ich Martine wahrscheinlich zu Tode erschreckte und erschütterte.

Sie schrie auf, schimpfte und fluchte, denn in dem Moment der Wonne und sich Öffnens mir gegenüber verletzte sie diese Reaktion um ein Vielfaches und vermischte sich mit den früheren Verletzungen, die ich ihr zufügte. Wie eine Furie, die seinem Gegenüber die Augen auskratzen möchte, stürzte sie sich auf mich, trommelte gegen meine Brust und schleuderte mir verbal alles Gemeine entgegen, was ihr nur in den Sinn kam.

Vieles prallte ab, aber die folgenden Sätze bohrten sich in meine Seele, mit Widerhaken, sodass ich diesen Stachel nicht mehr herauszuziehen vermochte, auch später nicht. Martine schäumte vor Wut und rief:

„Bisher wagte es niemand, mich von der Bettkante zu stossen, du Krüppel, du jämmerlicher, schwächlicher, abgrundtief hässlicher Krüppel mit dem unheilbaren Loch in deiner Brust. Niemand wird dich deswegen je lieben können und wollen, Pierre hat darüber hinweggesehen, aber er hat deine Brust nie lieben können. Kein Mensch auf dieser Welt wird es je tun und ich verfluche deine Brust, ich verfluche sie, verfluche sie, verfluche sie, du absolut jämmerlicher und armseliger Zwerg!"

Das hatte gesessen. Liebe Menschen, hütet euch vor Flüchen, hütet euch, sie auszusprechen oder auf euch zu ziehen, denn sie wirken. Wirklich. Wahrhaftig. Mit Zins und Zinseszins.

Die folgende Zeit kroch ich innerlich zerstört durch das irdische Dasein. Es ging mir so schlecht wie noch nie in meinem Leben und die Kraft, die mir inne war und mir immer wieder half, auf die Beine zu kommen, war blockiert. Durch den Fluch. Nun war es anders als bisher, wo ich mich bewusst vor der Welt verschloss, zurückzog und isolierte. Ab sofort isolierte mich der Fluch von meiner ureigensten Kraft und meinem Überlebenswillen und auch vor meinem integrierten Schutz, mir etwas anzutun.

Pierre startete mehrere aufrichtige Versuche, wieder mit mir zusammenzukommen, sich mit mir auszusprechen, neu anzufangen. Grundsätzlich hätte ich das gewollt und gekonnt, jedoch der Stachel des Fluchs sass so tief und überzeugte mich so sehr, dass keine andere Wahrheit zählte oder mich erreichte. Ich befand mich wie in einem Nebel des Dunkeln, ein Nebel, der mich von mir selbst absonderte – und auch von meinem Schutzgeist. Ja, wie jede andere Person auch wusste ich irgendwann einmal, dass ich einen Schutzgeist hatte, mein ganzes Leben lang, der immer gut nach mir schaute und darauf achtete, dass mir nichts Lebensbedrohliches zustiess. Das erste Mal zeigte sich mein Schutzgeist, als Jaques mich angriff und würgte, er animierte Boules, für mich einzugreifen. Es war ja seltsam, dass der Hund sich gegen sein eigenes Herrchen wandte, heute war es mir klar. Woher ich es so genau weiss, dass mein Schutzgeist es war, der sich für mich einsetzte und es nicht irgendein Zufall war, dass Boules sich auf meine Seite stellte? Das werde ich euch bei Zeiten erklären.

Meine Not spitzte sich so sehr zu, dass ich eines Tages erwachte und glaubte, nicht mehr in meinem Körper zu sein. Ich stand wie neben mir und bekam Angst. Wie geschah mir? Ich hatte ganz vergessen, dass mein physischer Körper ja Wasser und Nahrung brauchte und vernachlässigte mich komplett auf gröbste Weise. Ich war an einem Punkt angekommen, an dem mein Körper im Begriff war, zu sterben und ich befand mich in einer Zwischenstufe des Bewusstseins. Voller Entsetzen betete ich zu wem auch immer, ich war ja nicht gläubig und auch nicht in irgendeinem Glauben erzogen worden, flehte und jammerte um Hilfe. Es geschah das Wunder, dass ich wie in meinen Körper eintauchen konnte, alle Glieder schmerzten und ich war in der Lage, aufzustehen und mich vorwärts zu schleppen, um etwas zu trinken. Jeder Schluck Wasser holte mich mehr und mehr ins Leben und in die Vernunft zurück.

Was dann geschah, werde ich meinen Lebtag und darüber hinaus nie wieder vergessen: eine helle Gestalt erschien vor meinen Augen, wirklich und leibhaftig und stellte sich als mein Schutzgeist vor. Er klärte mich über die Konsequenzen meines Tuns und Lassens auf und ermahnte mich, gut für meinen Körper, Geist und meine Seele zu sorgen. Er sprach sehr liebevoll und gleichzeitig auch bestimmt zu mir, so, als würde er in diesem Punkt keinen Spass verstehen. Ich bekam kaum etwas mit, nur am Rande, denn ich war so fasziniert von dem Licht, der Wärme, der Geborgenheit meines Engels – denn das musste es sein – dass ich seine Worte nur vage im Bewusstsein hatte. Aber etwas in mir sog den Inhalt dessen, was er mir sagte, ganz von selbst ein und es sank ganz tief in mein Herz. So tief, wie mich noch nie jemand oder etwas zu berühren vermochte.

Als die Gestalt wieder verschwand, sich ganz sachte und langsam vor meinen Augen auflöste, wusste ich erst einmal nicht, ob ich gewacht oder geträumt hatte. Die Empfindungen und Eindrücke waren aber so intensiv, klangen und schwangen noch nach, so dass ich ganz tief in mir wusste, dass dies gerade wirklich geschehen war. Diese Wirklichkeit war so ergreifend schön und ich spürte eine Resonanz meines Lichts in mir in Verbindung zu dieser wunderschönen Energie, diesem Licht, dass mir das Zurückkehren ins Tagesbewusstsein widerwillig und wie ein Schock vorkam. Der Unterschied von Hell und Dunkel ist derart extrem, es gibt kein Grau, kein Dazwischen und so sträubte sich alles in mir, die Realität, in der mein Körper, mein Geist und meine Gefühle lebten, als wirklich anzuerkennen und dahin zurückzukehren. Die Ermahnung meines Engels nahm ich aber sehr ernst und so kümmerte ich mich wieder darum, genügend Wasser, Nahrung und frische Luft in und zu meinem Körper zu lassen.

Eines grauen Morgens kippte ich aus dem Bewusstsein um meinen Engel und die damit verbundene Freude und Kraft. Der Alltag war so kalt und grau und ich hatte meinen Engel seit diesem Ereignis nicht mehr gesehen oder gehört. Hatte er mich vergessen? War ich es nicht wert? So oft und so intensiv ich auch betete, es gelang mir nicht, Kontakt aufzunehmen. Und so beschloss ich, die ganze Angelegenheit als schönen, aber unwahren Traum anzusehen und mich meiner alten Realität, meinen früheren Einstellungen und dem Glauben daran, nichts wert zu sein, hinzugeben. Kennt ihr das, liebe Leserinnen und Leser, wenn ihr euch gehen lasst? So richtig innerlich und äusserlich gehen lasst? In tiefstes Selbstmitleid verfallt und euch so darin verrennt, dass ihr keinen Ausweg mehr seht?

In dem Moment, wo ich bewusst meinen Glauben an meinen Engel abgab, öffnete sich ein Tor zur dunklen Seite. Es geschah für mich kaum merklich, aber mit der Zeit offensichtlich. Da waren diese Stimmen. Da waren diese Gedanken. Da waren diese Gefühle. Wenn ich aufmerksam und kritisch mit mir gewesen wäre, hätte ich sofort bemerkt, dass das nicht ich bin. Aber, liebe Leser, wenn man sich so gehen lässt, geht auch die Aufmerksamkeit, die Wachsamkeit und Kritikfähigkeit flöten. Genau das geschah bei mir und ich wurde erst leise, dann immer lauter und häufiger von diesen dunklen Gedanken, Gefühlen, Überzeugungen und wirklich im ersten Augenblick plausibel klingenden Argumenten überhäuft.

Ich kann euch nicht genau sagen, wie eins ums andere zusammenkam, aber ich gelang an den Punkt, den ich zu Beginn dieser Aufzeichnungen schon beschrieb …

Die Seele, so grau

Paris im Jahre 1718, 31. Dezember

Ich erinnere mich nur noch daran, dass es kalt, nass und grau war. Grau, der Himmel, grau, die Stimmung, grau, meine Seele. Ich schlurfte die Strasse entlang und kickte einen Stein bei Seite. Was wäre es doch schön, dieser Stein zu sein. Keine Gedanken, keine Gefühle, keine Sorgen, keine Probleme. Keine Anforderungen, keine Herausforderungen, keine Schrecknisse, Demütigungen, keine Ungerechtigkeit. Ja, diese Ungerechtigkeit. Sie verfolgt mich schon seit meiner Geburt und ich verstehe nicht, warum. So ein schlechter Mensch bin ich doch gar nicht. Ich habe nie jemandem etwas zuleide getan, nie. Wenn ich wütend wurde, dann nur gegen mich selbst. Gegen mich, die ich eine so hässliche, unausstehliche, verkorkste Natur bin, dass ich gar nicht auf der Welt sein dürfte. Zu meinem hässlichen Körper kommen vermehrt diese hässlichen Gedanken und Gefühle. Leute, ich kann nicht mehr. Ich kann einfach nicht mehr. Ihr habt mir viel zu viel angetan, ob es euch bewusst ist, oder nicht.

   Voll dieser düsteren Gedanken war ich unterwegs zur Seine, um mich still und heimlich und wie betäubt selbst zu ertränken. Betäubt durch all das Leid, das ich in meinem kurzen Leben erfahren habe, das aber so schwer wiegt, als wären es hunderte, ja tausende Leben. Keiner versteht mich. Keiner interessiert sich für mich. Meine Gedanken kreisen nur um meinen Abschied von dieser Welt, der gar kein Abschied sein wird, weil ich niemanden und nichts habe, um Adieu zu sagen. Grausam der Gedanke, dass mich niemand vermissen wird, niemand betrauern. Da bin ich schon tot, bevor ich gestorben bin.

   Diese dunklen Gedanken, Gefühle und Überzeugungen waren dunkle Engel, gefallene Lichtwesen, die sich dem Dunkel verschrieben haben. Genau diese Wesen suchen sich solche Menschen, die in ihrem Leben an einem Punkt angekommen sind, wo sie nicht mehr weiter wissen, sehr verzweifelt sind und sich vom Licht und dem Glauben ans Licht abgewendet haben.

Als ich in die Seine ging, ja, ich tat es wirklich und kam mir dabei sehr mutig vor, merkte ich plötzlich, dass mich der Schwachsinn getrieben hatte, eine Kraft in mir, die fremdbestimmt und nicht ich selbst war. Doch als ich es erkannte, war es bereits zu spät. Die Qualen, die ich erlitt, als sich meine feinstofflichen Körper aus meinem ertrinkenden physischen Körper quälten – freiwillig wären sie nicht gegangen, denn sie wollten noch leben – fühlten sich unendlich länger an als die wenigen Minuten, die es brauchte, bis ich tot war.

Tot zu sein heisst, erst einmal neben seinem physischen Körper zu verweilen, sich zu wundern und zu begreifen oder auch nicht, dass alles vorbei ist, endgültig vorbei und gar nicht so sehr viel anders, als es wie zu Lebzeiten war, mit der Ausnahme, dass man keinen festen Leib mehr hat. Grausam die Erkenntnis, dass alles noch da ist, alle Gedanken, Gefühle, Erlebnisse, Erkenntnisse und auch die fehlenden und ich keine Möglichkeit mehr habe, mich zu äussern. Es sieht und hört mich ja niemand mehr. Ich befinde mich in einem fatalen Zustand und bekomme Panik, möchte zurück, kann aber nicht mehr. Der Rückweg in meinen Körper ist mir verwehrt.

Eine tiefe Traurigkeit überkommt mich, Wut, Verzweiflung, gegen mich und wegen mir selbst. Was hatte ich getan? Warum gab es kein Zurück mehr? Wie würde es weitergehen? War das die Hölle? Ich war noch am selben Ort, wo ich mich ertränkte, da kam kein Sensemann, der mich in eine Hölle führte. Es war viel schlimmer: die Hölle war hier und jetzt, in dem Augenblick, in mir und ich in ihr. Es ist ein Zustand, in dem ich mich befinde und ich frage mich: wer bin ich? Jacques ist tot, also wer bin ich? Oder wer bin ich nicht? Ich beschloss damals, trotzdem Jacques zu sein, wer sollte ich denn sonst sein und wandte meine bewährte Methode an, mich vor allem und jedem zu verschliessen, zu isolieren. Als ich so zumachte, schloss ich all das Leid, Dunkel und die Stimmen, die schon zu Lebzeiten da waren und so logisch argumentierten, mit ein. Es kam nichts zu mir hindurch und so bemerkte ich auch nicht meinen Schutzengel, der kam, um mich abzuholen, damit wir ins Licht gehen.

Ich bekam auch nicht mit, dass mein Höheres Selbst, das ich später kennen lernen durfte, meinem Schutzengel verwehrte, mir zu helfen, als ich mich ertränkte. Ich stand ja schon einmal kurz vor dem Tod, mehrmals, aber jedes Mal bewahrte mich da mein Engel davor. Diesmal nicht. Warum das so war, erfuhr ich selbst später von mir selbst. Bevor es aber so weit kam, stachelten mich die zahlreichen dunklen Stimmen an:

„Ja, aha, wo ist denn jetzt das Licht, wenn du es brauchst? Wo ist denn dein Schutzengel? Hat er nicht auf dich aufpassen wollen? Bist du es nicht wert? Du warst ja noch nie etwas wert, das ist der Beweis und die logische Folgerung deines jämmerlichen Daseins. Jacques, du bist verloren. Du bist für immer verloren. Keiner liebt dich, niemand will dich, niemand braucht dich. Du hast dir grosse Schuld aufgeladen, eine Sünde, dir das Leben zu nehmen. Nun bist du verdammt und in der Hölle und kommst nie wieder heraus. Aber du bist nicht allein, wir sind ja da, wir sind da für dich, Jacques. Du musst nur hier unterzeichnen, einen Vertrag, dass du das tust, was wir dir sagen. Dann geschieht dir nichts. Wir passen auf dich auf, Jacques, denn sonst bist du verloren. Niemand schaut nach dir, sorgt für dich, wie in Lebzeiten. Vergiss es. Vergiss alles und unterzeichne, bevor es zu spät ist und wir es uns anders überlegen, Jacques. Schnell, Jacques, es drängt. Die Zeit drängt genau und gerade jetzt. Unterschreibe!! Es gibt nichts zu überlegen, oder? Unterschreibe!!! Die Sache ist so etwas von klar. Komm, Jacques, komm!"

Und ich unterzeichnete. Ich verkaufte meine Seele an den Teufel.

Pierres zerrissene Seele

Paris im Jahre 1719, 1. Januar

Das Entsetzen war gross, als man mich fand. Als man meine sterblichen Überreste in der Seine fand. Pierre konnte sich kaum halten vor Verzweiflung, das, was er mit mir erlebt hatte, liess ihn schon mehrere innere Tode sterben. Aber jetzt, jetzt fühlte er sich auch äusserlich tot. Sein Leben ergab keinen Sinn mehr, seine grosse Liebe war verschieden, hatte sich das Leben genommen. Schuldgefühle überkamen Pierre, denn er war nicht da, um es zu verhindern. Jacques hatte sich so von ihm abgewendet, Pierre hatte ja gar keine Möglichkeit gehabt, irgendwie an ihn heranzukommen oder durchzukommen. Viel, viel früher, ja, da vermochte er durchzukommen, Gräben zu überwinden, weil da das Fünkchen in Jacques war, das sogar zur Flamme wurde und loderte und lebte.

Pierre fühlte sich so elend, denn jetzt war es unwiederbringlich und er konnte nichts mehr ausrichten, hatte keine Chance mehr für Klärung und Vergebung, Bereinigung oder sogar einen Neuanfang. Pierre hatte noch nie so intensiv geliebt und es zerriss ihm seine Seele, dass er nie mehr eine Möglichkeit haben würde, mit seinem Jacques in Verbindung zu treten. Was war das denn nur für ein Jahreswechsel, was für ein Beginn eines neuen Jahres?

Es war das Ende, das Ende für Jacques, für Pierre und für beide als Liebespaar. Ein besonderes Liebespaar, das so nicht sein durfte und sich abgöttisch liebte und verehrte, bis etwas Dunkles dazwischen kam. Ja, was war es denn noch einmal genau?

Pierre wusste es nicht einmal mehr und das war dann noch einmal grausamer, wenn du den Grund nicht mehr weisst, warum es mit deiner grossen Liebe auseinander ging. Pierre fiel in eine schwere innere und äussere Lähmung und verstarb dann bald darauf an einem gebrochenen Herzen.

Ein faszinierendes Schauspiel

Paris im Jahre 1818, 13. September

Ich erinnere mich nur noch daran, dass es kalt, nass und grau war. Grau, der Himmel, grau, die Stimmung, grau, meine Seele. Ich schlurfte die Strasse entlang und versuchte, einen Stein bei Seite zu kicken. Was wäre es doch schön, dieser Stein zu sein. Keine Gedanken, keine Gefühle, keine Sorgen, keine Probleme. Keine Anforderungen, keine Herausforderungen, keine Schrecknisse, Demütigungen, keine Ungerechtigkeit. Ja, diese Ungerechtigkeit. Sie verfolgt mich schon seit meiner Geburt und ich verstehe nicht, warum. So ein schlechter Mensch bin ich doch gar nicht. Ich habe nie jemandem etwas zuleide getan, nie. Wenn ich wütend wurde, dann nur gegen mich selbst. Und wütend war ich jetzt, weil ich diesen verdammten Stein nicht zur Seite kicken konnte. Ich war wütend gegen mich, die ich eine so hässliche, unausstehliche, verkorkste Natur bin, dass ich gar nicht auf der Welt sein dürfte. Zu meinem hässlichen Körper kommen vermehrt diese hässlichen Gedanken und Gefühle. Leute, ich kann nicht mehr. Ich kann einfach nicht mehr. Ihr habt mir viel zu viel angetan, ob es euch bewusst ist, oder nicht.

Voll dieser düsteren Gedanken war ich unterwegs zur Seine, um mich still und heimlich und wie betäubt selbst zu ertränken. Betäubt durch all das Leid, das ich in meinem kurzen Leben erfahren habe, das aber so schwer wiegt, als wären es hunderte, ja tausende Leben. Keiner versteht mich. Keiner interessiert sich für mich. Meine Gedanken kreisen nur um meinen Abschied von dieser Welt, der gar kein Abschied sein wird, weil ich niemanden und nichts habe, um Adieu zu sagen. Grausam der Gedanke, dass mich niemand vermissen wird, niemand betrauern. Da bin ich schon tot, bevor ich gestorben bin.

Und ich war ja auch tot. Meinen hässlichen, jämmerlichen, verkrüppelten Körper hatte ich ja nicht mehr. Er wurde irgendwo verscharrt, weil ich keinem Glauben angehörte und mir zudem mein Leben genommen hatte, eine grosse Sünde. Wieder und wieder inszenierte ich meine letzten Minuten, bevor ich mich ertränkte, schlurfte die Strasse entlang und wunderte mich, wenn ich die Menschen, statt sie anzurempeln, einfach nur streifte. Meist fröstelte es diese und sie zogen ihren Mantel enger um sich und murmelten etwas wie: *"Komisch, dass es plötzlich so kalt ist. Es geht doch kein Lüftchen, komisch."* Niemand sah mich, niemand hörte mich. Wenn ich schrie, so klang es wie durch Watte und der Schrei kam in kürzester Zeit wie ein Bumerang zu mir zurück. Ich war wohl der Einzige, der mich jetzt tatsächlich hörte ... Niemand reagierte. Ich sah und hörte auch alles wie durch Watte, ein seltsamer Zustand und ein betörendes Brausen wehte durch mein Gemüt und mein Sein. Ich befand mich wie in einer Art dauerhaftem, tosendem Sturm, der mich aber nicht davon wehte, sondern in mir wirkte und durch mich. Die Menschen spürten meine Anwesenheit, aber sie wussten nicht, dass ich es bin ...

So oft schon hatte ich versucht, mit jemandem Kontakt aufzunehmen. Die einzigen, die mich erahnten oder sahen, waren die Tiere. Ein schwacher Trost. Einmal kam mir eine Katze entgegen, als ich wieder die Strasse hinab schlenderte und versuchte, den Stein weg zu kicken. Sie erblickte mich, sträubte ihr Fell, ihre Augen weiteten sich und sie fauchte mich an. Keine Ahnung, wie ich aussehen mochte. Da wagte ich es und warf einen Blick in die Seine. Auch unerlöste Seelen, wie ich es eine bin, können sich im Wasser spiegeln und sehen. Ich erschrak. Wer eine Wasserleiche gesehen hat, versteht, was ich meine. Ich blickte mich nie wieder an.

Dann kam es mir in den Sinn, an meine gewohnten Plätze zu gehen. Mittlerweile ist viel Zeit verstrichen, seit ich mir das Leben genommen hatte und die Landschaft, die Häuser, die Menschen und ihre Kleidung, alles, alles veränderte sich. Ich bekam Panik. Das, was mir so vertraut war, verschwand, wandelte sich und entfremdete sich mir. Ich konnte weder etwas verändern, noch etwas bewirken. Nur zuschauen, wie mir nach und nach eine Vertrautheit nach der anderen durch die Finger rann und versiegte, für immer.

Als ich eines Tages durch ein Fenster blickte, konnte ich sehen, wie eine alte Frau dabei war, eines natürlichen Todes zu sterben. Sie schlief einfach ein und ihr feinstofflicher Körper löste sich vor Erleichterung und Dankbarkeit ob der abgelegten Mühsal des Lebens und des alten und verbrauchten Körpers aus ihrem Leib, ganz leicht und strahlte in seinem eigenen Licht. Dann sah die Frau liebevoll und dankbar zu ihrem verlassenen physischen Leib und dankte ihm für alles, was er für sie getan, sie erleben und erfahren lassen hatte. Sie dankte von Herzen für seine treuen Dienste und blickte ihrem Schutzengel in die Augen, der schon da stand und darauf wartete, sie mitzunehmen.

Dann geschah etwas unglaublich Schönes, Wundervolles: ein weiterer Engel kam, ein Erzengel, der sich mit dem Namen Azrael vorstellte und betrauerte mit der Frau und ihrem Schutzengel den Körper, bewachte ihn noch. Drei Tage lang verweilten sie neben dem verstorbenen Körper und dann erst machten sich die Frau und der Schutzengel, geführt von einem Erzengel, der sich Michael nennt, auf den Weg ins Licht. Die alte Frau war wohl dankbar, dass ihre Hinterbliebenen sie drei Tage lang aufgebahrt liessen, bevor sie sie zu Grabe trugen, damit sie sich würdig und angemessen von sich und ihrem alten Leben verabschieden konnte.

Eine eben verstorbene Person braucht also drei Tage lang, um sich von ihren niederen Körpern zu verabschieden: einen Tag für den physischen Körper, einen für den Mentalkörper und einen für den Emotionalkörper. Das, was dann ins Licht geht, ist nur der Kern, die verlassenen niederen Körper werden dem Geistwesen Gaia, der Erde, überantwortet, die sie auf ihre Weise transformiert.

Ein faszinierendes Schauspiel für mich, unendlich liebevoll und friedvoll. So ist es also, wenn man bei Zeiten stirbt, ohne es zu erzwingen und ohne gross leiden zu müssen. Der Tod ist ein Teil des Lebens, friedvoll, wunderbar und schön, edel aber auch traurig, trauernd, sich aber dann doch in Wohlgefallen auflösend. Die Frau, die ins Licht gegangen ist, kann dort nochmals Rückschau über ihr Leben halten, gemeinsam mit ihrem Höheren Selbst Bilanz ziehen und schauen, was auf dem sogenannten Seelenplan steht: was erledigt wurde, gelebt, erfüllt und was noch aussteht. Gibt es noch etwas zu klären, zu heilen, zu erlösen, zu ruhen, geht es jetzt weiter, in einem nächsten Leben, oder erst später …?

Woher ich das alles weiss? Später kam ich in den Genuss, all dies von meinem eigenen Höheren Selbst zu erfahren. Später. Viel später. Für mich fühlte es sich an, als ob es zu spät gewesen wäre.

Unerlöste Seelen

Paris im Jahre 1919, 31. Dezember

Ich erinnere mich nur noch daran, dass es kalt, nass und grau war. Grau, der Himmel, grau, die Stimmung, grau, meine Seele. Ich schlurfte die Strasse entlang und versuchte, einen Stein bei Seite zu kicken. Was wäre es doch schön, dieser Stein zu sein. Keine Gedanken, keine Gefühle, keine Sorgen, Probleme. Keine Anforderungen, keine Herausforderungen, Schrecknisse, keine Demütigungen, keine Ungerechtigkeit. Ja, diese Ungerechtigkeit. Sie verfolgt mich schon seit meiner Geburt und ich verstehe nicht, warum. So ein schlechter Mensch bin ich doch gar nicht. Ich habe nie jemandem etwas zuleide getan, nie. Wenn ich wütend wurde, dann nur gegen mich selbst. Gegen mich, die ich eine so hässliche, unausstehliche, verkorkste Natur bin, dass ich gar nicht auf der Welt sein dürfte. Zu meinem hässlichen Körper, den es schon lange nicht mehr gibt, kommen vermehrt diese hässlichen Gedanken und Gefühle. Leute, ich kann nicht mehr. Ich kann einfach nicht mehr. Ihr habt mir viel zu viel angetan, ob es euch bewusst ist, oder nicht …

Voll dieser düsteren Gedanken war ich unterwegs zur Seine, um mich still und heimlich und wie betäubt selbst zu ertränken. Betäubt durch all das Leid, das ich in meinem kurzen Leben erfahren habe, das aber so schwer wiegt, als wären es hunderte, ja tausende Leben. Keiner versteht mich. Keiner interessiert sich für mich. Meine Gedanken kreisen nur um meinen Abschied von dieser Welt, der gar kein Abschied sein wird, weil ich niemanden und nichts habe, um Adieu zu sagen. Grausam der Gedanke, dass mich niemand vermissen wird, niemand betrauern. Da bin ich schon tot, bevor ich gestorben bin.

Wie ich mich in die Seine stürze – und ich komme mir dabei sehr mutig vor – wundere ich mich sehr, dass ich nicht ertrinke. Die grausamen Gefühle, die ich durchlebte, als ich ertrank, waren da, aber ich hatte keine Lunge, um nach Luft zu japsen, keinen Kreislauf, der zusammenbrechen und mich der Ohnmacht übergeben könnte. Voll der düsteren und grimmigen Gedanken und Gefühle schleppte ich mich ans Ufer. Nach diesem schlimmen Gefühl, das man beim Ertrinken durchlebt, war nicht einmal jemand da, um mich zu retten. Es kannte mich ja auch niemand. Da mein Körper irgendwo verscharrt war, gab es keinen Grabstein, kein Denkmal, keine Erinnerung an mich.

Da ich in meiner Düsternis und meinem Irrsinn all meine Gedichte mit in meinen nassen Tod genommen und die Seine alles fortgespült hatte, gab es keinerlei Erinnerung an mich. Ich war gefangen in mir selbst, meiner inneren Hölle, die sich auch im Äusseren zeigte, dass die Leute froren, wenn ich sie streifte. Es gab Menschen, die ich streifen konnte, wenn sie die Seine entlang geschlendert kamen. Ihre Schutzhülle, genannt Aura, war löchrig und durchlässig und so konnte es geschehen. Seit ich tot war, konnte ich alles Feinstoffliche sehen, ein faszinierender Zustand, der aber sehr schnell langweilig wird, weil man nicht aus seiner alten Welt, in der man festhängt, herauskommt und niemanden hat, um all das zu teilen. Natürlich rief ich meinen Schutzengel, aber eher zum Spass, denn ich glaubte nicht, dass er kommen würde. Zu mir. Warum ausgerechnet zu mir? Er würde sicher sauer auf mich sein. Er ermahnte mich ja, gut für meinen Körper zu sorgen und dann ertränkte ich ihn so grausam. Ich konnte mich vor meinem Schutzengel sicher nicht blicken lassen aber so, wie es aussah, gab es ihn eh nicht, also was sollte es.

Mein Körper. Ja, ich dachte oft an ihn und wie undankbar und ungerecht ich gewesen war. Er war so stark und auf seine Weise wunderschön, wie ich leider erst zu spät erkannte. Ich hatte immer nur gesehen und betrauert, was er nicht hatte, was ihm meiner Meinung nach fehlte und dankte ihm nie, was er Gutes hatte, wie er mir diente, mir ermöglichte, mich auf der Bühne des Schauspiels namens Leben zu bewegen, zu entwickeln, zu dichten, zu geniessen, zu lieben, auch körperlich und mich vieler schöner Zustände und Umstände zu erfreuen. Nun war es mir bewusst, aber es war zu spät und ich bereute es, bereute es zutiefst und hätte weiss Gott was gegeben, um alles rückgängig zu machen.

In solchen Momenten der Reue, des Umschwenkens, erschienen die, die den Vertrag mit mir vereinbart hatten und bestürmten mich mit einleuchtenden Argumenten, sodass ich nicht mehr bereute, sondern ins Selbstmitleid verfiel, in meinen alten Hass und den Hass gegen die Welt und ihre Ungerechtigkeit. Und wenn ich ansatzweise an meinen Schutzengel dachte, witterten sie es sofort und standen da, um mich voll zu texten, mit ebenfalls schlüssigen Argumenten, warum alle lichtvollen Engel Versager wären bzw. warum ich es nicht wert wäre, dass der Schutzengel auch nur um die Ecke nach mir schielen würde.

Apropos schielen: in einiger Entfernung nahm ich die Gestalt meiner leiblichen Mutter wahr, sie war wie in eine schwarze Wolke gehüllt und schrie fürchterlich. So, wie es aussah, hatte auch sie sich das Leben genommen, sie hatte sich an einem Baum in der Nähe der Seine erhängt. Ich winkte ihr zu und versuchte, Kontakt aufzunehmen, aber sie sah durch mich hindurch, sah durch alles hindurch und schrie nonstop fürchterlich.

Um sie herum standen gefallene Engel und mein Team gefallener Engel erklärte mir, dass sie so furchtbar schrie, weil sie Kummer hatte, dass sich das Licht nicht um sie kümmerte und sie verlassen hätte. Viel später erkannte ich, dass die dunklen Gestalten gelogen hatten, dass das Licht meine Mutter und mich gar nie verlassen hatte und dass wir es sehr wohl wert waren, dass unsere Schutzengel sich um uns kümmern konnten.

Unser Problem war der Vertrag. Dieser Vertrag, den wir unterzeichneten und uns dem Teufel verschrieben, liess unsere noch vorhandenen Körper an ein Glaubenssystem binden, wie eine Art Gehirnwäsche und Hypnose, die uns lähmte, fesselte, nicht klar denken, wissen und fühlen und in einem eigenen Universum mit eigenen Gesetzen der niederen und fremden Energien schwingen liess. Unsere Körper, die feinen und der grobstoffliche, schwingen nämlich in einer ganz eigenen Dichte, Geschwindigkeit und Konstanz. Das, was so nieder schwingt, zieht als Resonanz nur die niedere Energie in die Wahrnehmung, alles höher Schwingende bleibt der Wahrnehmung verwehrt, selbst wenn es einen Millimeter neben uns steht. So war es auch mit meinem Schutzengel, er war immer da, aber ich konnte ihn nicht wahrnehmen ...

Meine Mutter hatte geschrien, weil sie wie ich ihren Tod immer und immer wieder durchlebte. Tagelang, monatelang, jahrelang, jahrzehntelang, jahrhundertelang ... Immer, wenn sie ihr Bewusstsein von dem Leid abwenden und überlegen wollte, ob es da einen Ausweg geben könnte, sprach ihr Team dunkler Engel auf sie ein, mit überzeugenden und einleuchtenden Argumenten, sodass sie es nicht schaffte, auszubrechen aus dieser Hölle und irgendwann auch gar nicht mehr auf die Idee kam, ausbrechen zu wollen bzw. sich so sehr mit dem Leid, mit dem Schrei identifizierte, dass sie vergass, dass sie einmal ein Mensch war und welcher Mensch sie war. Sie war nur noch der Schrei. Ich identifizierte mich mit dem Misslingen des Wegkickens eines einfachen Steins, bis ich nur noch dieses Versagergefühl war.

Und dann erschien sie. Eine wunderbare Gestalt erschien mir und ich wunderte mich sehr, dass sie hindurch kam zu mir. Als ich sie erblickte, sah ich nicht nur ihr wunderbares Licht, sondern auch ihr Dunkel, das sie mit sich trug, das sie erlebt hatte. Sie stellte sich als Mensch vor, der lebt und gleichzeitig Kanal ist für die geistige Welt und unerlöste Seelen. Sie sprach zu mir, dass sie mit sehr grossem Mitgefühl, Verständnis und Respekt zu mir kommen würde und mir gern zuhören wolle, was mir auf dem Herzen liegen würde. Sie sprach, dass sie Licht mitbringt, als Schutz und Möglichkeit, dass wir uns austauschen und nicht, um mich zu erschrecken. Sie sprach, dass ich einen freien Willen hätte, den ich wahrnehmen dürfe und sie mich niemals zu etwas überreden und zwingen würde, denn das wäre gegen das universale Gesetz. Sie sprach, dass mein Höheres Selbst sie um Hilfestellung gebeten und ihr erlaubt hätte, mit mir Kontakt aufzunehmen. Mein Höheres Selbst hatte Verwandte von ihr animiert, sie zu bitten, Kontakt mit mir aufzunehmen.

Mireille und Mathieu

Paris im Jahre 1923, 24. Dezember

Diese Person, dieser Kanal, hiess Mireille, auch eine Mireille, wie ich sie zu meinen Lebzeiten kannte, aber ganz anders als meine Ziehmutter. Es war eine junge, wunderschöne, liebevolle und sanfte, aber doch auch beherzte und bestimmte Frau, Mitte zwanzig, mit wunderschönen, tiefgründigen Augen und langem, rotblondem Haar. Mireille wohnte ganz in der Nähe meiner damaligen Heimstätte und arbeitete heimlich als Kanal, da sie medial begabt war und sich schützen musste, nicht an die falschen Menschen zu geraten. Die Zeit der Hexenverbrennung war zwar schon vorbei, doch ihre eigene Verbrennung in einem früheren Leben – das konnte ich in ihrem System sehen – liess sie instinktiv sehr vorsichtig mit dem Thema Medialität und Hellsichtigkeit umgehen.

Mireille war liiert mit einem jungen und sehr hübschen Mann. Ihre Liaison bestand daraus, dass sie ausgewählt hatten, als Bruder und

Schwester mit inniger Verbindung auf die Welt zu kommen, denn sie waren zweieiige Zwillinge. Zwillinge stehen sich extrem nahe und spüren sich ausserordentlich gut, selbst wenn sie sich physisch an unterschiedlichen Orten befinden. Mireille und Mathieu, ihr Bruder, kamen irgendwann einmal dazu, Themen anzusehen, die sie beschäftigten.

Wie ich später erfuhr, hing ein Teil von mir – der schmerzvoll abgespaltene Teil, den ich vor einer Weile in diesem Buch erwähnte, in Zusammenhang mit Martine und Pierre – an Mathieu fest. Mathieu und ich haben das gleiche Höhere Selbst und dieses beschloss laut Seelenplan, diesen abgespaltenen Seelenanteil als Erinnerung daran, dass es mich unerlöste Seele gab, die Hilfe bräuchte, an Mathieu zu hängen. Abgespaltene Seelenanteile können genauso lästig und grausam wirken wie unerlöste Seelen, die sich an ihre menschlichen Träger hängen, welche wiederum das gemeinsame Höhere Selbst kreiert, um ein weiteres irdisches Leben zu begehen.

Mathieu, der menschliche Träger meines abgespaltenen Seelenanteils, wandte sich also eines Tages an seine Schwester Mireille, von der er wusste, dass sie besondere Fähigkeiten hatte. *„Liebe Schwester, kannst du etwas für mich tun?"*, fragte er sie hoffnungsvoll. Mireille runzelte die Stirn. Des Öfteren schon hatte sie beobachtet, dass Mathieu irgendwie nicht ganz sich selbst war. Etwas Fremdes lenkte und bestimmte ihn, seine Gedanken, Gefühle, Handlungen. Es kam phasenweise, schubweise und dann benahm Mathieu sich so fürchterlich, dass alle Menschen in seinem Umfeld Abstand von ihm nahmen …

Mathieu war ein sonniger, lebenslustiger und humorvoller, junger Kerl mit blondem Haar und leuchtend blauen Augen, dem die Mädchen und jungen Frauen sehnsüchtig und begierig hinterher sahen und sich vorstellten, wie es wohl sein möge, mit ihm zusammen zu sein. Mathieu kannte an sich keinen Makel, doch bisweilen verfiel er in eine düstere Stimmung, eine Depression, die er sich selbst nicht erklären konnte. In dieser Phase verspürte er einen Selbsthass und starke Wut, die er sich nicht erklären konnte, weil er überhaupt keinen Grund dazu hatte und bestürmte intensiv seine Zwillingsschwester mit Vorwürfen. Mireille stand ihm ja als Zwillingsschwester sehr nahe, doch in solch Phasen, die Mathieu überkamen, bildete er sich ein, dass sie sich von ihm abwenden würde, ihre besondere Verbindung verraten und diese mit ihrer besten Freundin Claudine aufbauen, ihn selbst aber aussen vor lassen würde. Plötzlich überkam ihn eine derart starke Eifersucht und ein Hass auf Claudine, was er sich nicht erklären konnte. Wenn er genau überlegte, sachlich und fair, so hatte Mireille sich keinesfalls von ihm distanziert. Sein ungebührendes Verhalten jedoch drängte Mireille dazu, sich etwas abzugrenzen, um sich zu schützen, was Mathieu in seiner Fehlannahme nur noch bestätigte. Die Lage spitzte sich zu, bis Mathieu bewusst wurde, dass er dieses Thema angehen müsse, um es sich nicht mit seiner Schwester zu verspielen. Das Letzte, was er wollte, war, sie zu vergraulen. Zudem litt er so extrem unter den Gefühlen des Selbsthasses und der Wut, die er sich nicht erklären konnte und dachte sich, dass dies kein dauerhafter Zustand wäre. Mireille runzelte also die Stirn, weil sie sich nicht sicher war, ob sie ihrem Bruder zu nahe stand, um ein Thema mit ihm anzusehen. Doch es kam ihr niemand anders in den Sinn, der diese Aufgabe hätte übernehmen können und so beschloss sie, dass es Schicksal sein müsste und sie ihre Aufgabe so gut es geht erfüllen würde. Das war die Feuerprobe für Mireille als Kanal, der Test, ob sie wirklich neutral bleiben konnte oder sie ihr Ego übertölpelte, das sich bestimmte Sachen für ihren Bruder und sie wünschte, was aber nicht unbedingt dem Seelenplan entspricht. Mireille hatte wie keine andere Wahl in dieser Situation, als es zu probieren.

Sie probierte es und es gelang. Es gelang so gut, dass Mathieu sich von meinen abgespaltenen Seelenanteilen, die an ihm hingen, lösen und sie dem Licht und den geistigen Helfern des Lichts überantworten konnte. Es war ein Befreiungsschlag für Mathieu und eine Niederlage für mich, da ich mich noch schlechter fühlte, Schuldgefühle bekam, dass mein Seelenmüll andere belastete und dass ich überhaupt Seelenmüll besass, Mathieu aber nach der Ablösung der Seelenanteile in sich ruhend, strahlend und schön sein durfte. Ich war mit so vielen Makeln behaftet, selbst nach dem Tod, und dies stürzte mich mehr und mehr in mein Versagergefühl und liess mich darin einfrieren.

Als Mireille Mathieu half, sich liebevoll und respektvoll den abgespaltenen Seelenanteilen zu widmen – diesen liebevollen Part bekam ich gar nicht mit, denn durch den Vertrag nahm ich nur das Niedere wahr und hörte die dunklen Stimmen, die mich darauf verwiesen, dass sich gerade jemand von meinem dreckigen Seelenmüll befreite und ich doch eine grössere Last wäre, als angenommen – sah Mireille, dass es Anteile von mir waren, mir, Jacques, was sie dazu veranlasste, Kontakt mit mir aufzunehmen. Die Erlaubnis hatte sie von Mathieu und damit von seinem und meinem Höheren Selbst. Ja, wir haben das gleiche Höhere Selbst, aber das wusste ich damals ja noch nicht, woher auch. Meine dunklen Engel sorgten ja auch dafür, dass ich nichts davon mitbekam.

Was ich euch erzählen und erwähnen möchte, bevor ich weiterfahre, ist die erstaunliche Tatsache, dass es meinem Licht in mir gelang, so stark zu sein, dass ich in einem wichtigen Moment etwas völlig anderes als niedere Schwingung wahrnehmen konnte, trotz Vertrag: es war der Moment, als ich durch das Fenster sah und diese Frau beobachtete, die friedlich starb. Das waren wichtige Informationen und Erlebnisse für mich und daher konnte mein Schutzengel in Verbindung mit meinem Licht dafür sorgen, dass ich diese Angelegenheit mit dieser alten sterbenden Frau mitbekommen konnte. Meinen Schutzengel nahm ich dabei nicht wahr. Aber all das gehörte zu meinem Seelenplan, was und wie ich wo wahrnehmen und erleben oder nicht wahrnehmen und erleben konnte. Ich begriff dies nur nicht und mein Ego rebellierte in verletztem Stolz und war offen für die Einwirkungen und Machenschaften des Dunklen bis hin zur Verführung, einen Vertrag zu unterzeichnen mit dem Teufel, was ich dann schon einmal bereute, aber später doch verstand, warum das so sein sollte und wichtig für meinen eigenen Entwicklungsweg war. Dass ich unnötige Umwege beschritt und einen

Aufschub meiner Erlösung bewirkte, war zwar unangenehm, aber nicht schädlich. Ich habe daraus gelernt, bin in meiner Seelenstufe gereift und werde es nicht mehr nötig haben, die unangenehme Erfahrung eines Aufschubs meiner Erlösung, die ich ja eigentlich wollte und brauchte, zu durchlaufen.

Ich erzähle euch nun, wie der Aufschub vonstattenging. Mireille tauchte also auf und konnte ungehindert zu mir durchdringen. Sie erkannte mich als die Ursache und Zusammenhang zum abgespaltenen Seelenanteil, der an ihrem Bruder hing, und sprach mit aufrichtigem Mitgefühl – nicht Mitleid, denn das ist niedere Schwingung, sondern Mitgefühl, eine sehr hohe, mit Liebe durchtränkte Schwingung – zu mir. Anfangs berührte mich Mireilles Art und ich war im Begriff, mich zu öffnen, als meine dunklen Engel flüsterten und mich erinnerten, welch Abschaum, unwürdig und wertlos ich doch sei. Sie meinten, Mireille würde entweder aus Mitleid zu mir sprechen, und dies hätte mein gesunder Stolz nicht nötig, oder mit dem Ziel, mich loszubekommen und in die Hölle zu schicken. Die dunklen Gestalten erzählten mir vom Fegefeuer und wie schlimm es dort sei, wie verdammt man da wäre und dass es kein Zurück daraus gäbe. Sie argumentierten so überzeugend, dass ich mich Mireille gegenüber verschloss und wie durch Watte hörte, wie sie sprach:

„Du hast alle Zeit der Welt, Jacques. In der Welt des Lichts und nach den Gesetzen des Universums gibt es keinen Druck und keinen Zwang. Der freie Wille ist oberstes Gebot. Wenn du dich entscheidest, die Hilfestellung des Lichts anzunehmen, so rufe es und es wird da sein. Dein Schutzengel und viele Lichtengel wachen in deiner Nähe, bis du soweit bist. Du bist unendlich geliebt und du bist es wert, wie alle. Erinnere dich an dein Licht in dir, Jacques. Ich danke dir sehr, dass du mich eingelassen und mir zugehört hast und ziehe mich nun respektvoll wieder zurück. Dein Schutzengel und die Lichtengel wachen in deiner Nähe."

Ich konnte es einfach nicht glauben, was sie sagte. Ich glaubte nicht daran und so konnte ich weder meinen Schutzengel, noch die vielen Lichtengel sehen, die extra gekommen waren, um mich zu unterstützen.

Engel sind so liebevoll und geduldig. Und sie hören auf das Höhere Selbst, nicht auf unser beschränktes und gekränktes Ego, dem Weisheit und Weitsicht fehlt und das nicht ans Licht angebunden ist. Und ich sage euch eins: es ist gut, dass die lichtvollen Helfer nicht auf den Willen unseres Egos hören, denn das wäre eine Katastrophe.

Die Engel dienen dem höchsten Wohl aller Beteiligten, was oft ganz anders aussieht, als wir es uns je vorstellen können. Aber am Ende kommt immer alles gut. Zuletzt siegt immer die Seele. Und sie folgt ihrem ganz eigenen Plan, der sich über lange, lange Zeit hinziehen kann, sodass ein Menschenleben nur wie eine Sekunde ist. Wie wollen wir aus einer Sekunde heraus beurteilen, was gut oder schlecht, richtig oder falsch, wirkungsvoll oder wirkungslos für uns ist?

Tragische Tode

Paris im Jahre 1924, 4. Mai

Der Seelenplan von Mathieu sah es vor, dass er ging. Er ging von dieser Welt und folgte seinem ganz eigenen Weg. Es war sehr schmerzvoll für Mireille, als ihr Bruder starb, denn er verfiel einer schleichenden, tödlichen Krankheit, die kein Erbarmen mit Mathieu hatte. Doch er spürte, dass sein Weg für dieses Leben gegangen, seine Aufgabe erfüllt war und konnte trotz seiner jungen Jahre Frieden damit finden, sterben zu müssen. Dank der Unterstützung von Mireille bereitete er sich bewusst und liebevoll auf sein Gehen vor, indem er ganz intensiv mit den geistigen Helfern des Lichts arbeitete, die ihm halfen, seine Leidenszeit erträglich zu gestalten. Als Mathieu ging, fühlten sich seine Schwester und er über Licht und Liebe verbunden, ein grosser Trost für beide, denn sie wussten, dass das nicht das Ende war. Sie wussten, sie würden einander wiedersehen und das leben können, was auf ihrem Seelenplan stand. Sie vertrauten darauf. Schmerzvoll war es trotzdem für Mireille und sie betrauerte ihren Bruder würdig und intensiv.

Die meisten Menschen machen den Fehler, dass sie nicht in die Trauer gehen. Es ist nicht eine dramatische Depression damit gemeint, sondern ein stilles, ein intensives, ein sich Ausdruck verleihen dürfendes, tiefes Abschiednehmen. Abschiednehmen vom Menschen, den gemeinsamen Erlebnissen, die jedoch in ihrem Gehalt im Herzen der Hinterbliebenen gespeichert bleiben dürfen und auch sollen.

Zudem ist kein Erlebnis, keine Erfahrung verloren. Alles wird in unserem Kern gespeichert und idealerweise nur die Dankbarkeit, Liebe und Erkenntnis bewahrt und alles andere Niedere und Schwere an Gedanken und Gefühlen an Gaia losgelassen zur Heilung und Transformation. Wenn wir dies so zulassen. Zudem werden die Erlebnisse sekundengenau in der sogenannten Akasha-Chronik aufgezeichnet, nichts ist verloren oder unbeachtet. Aber das ist ein anderes Thema.

Ich konnte nichts von meinen niederen und fremden Energien loslassen, weil ich mich darüber identifizierte und vertraglich gebunden war. Als Mathieu starb, Mathieu, der sich zur Zeit bereit erklärt hatte, meine abgespaltenen Seelenanteile mit sich zu tragen, um darauf aufmerksam zu machen, dass es mich gibt und ich Hilfe brauche, wurde eine Energie auf mich zurückgeworfen, die mich daran erinnerte, dass ich eigentlich auch einen Befreiungsschlag für mich hätte veranstalten dürfen. Es war keine Strafe, sondern nur die Konsequenz aus Ursache und Wirkung und als ich mich entschied, Mireilles Hilfestellung abzulehnen und wieder in meinem Dunkel zu verweilen, wurde ich nur mit dem Zins und Zinseszins meines Seelenmülls konfrontiert. Die abgespaltenen Seelenanteile, die Mathieu dem Licht überantwortet hatte, drängten und suchten sich einen Weg zurück zu ihrem Herrn – und das war ich. Sie waren nur zwischengelagert und mit Mathieus Verscheiden kehrten sie zu ihrem ursprünglichen Besitzer zurück – was ja nur richtig ist, oder nicht? Es kommt tatsächlich vor, dass Inkarnationen von Funken eines Höheren Selbst in kurzer Zeit aufeinander folgen.

So geschehen wegen Mathieu und mir: unser Höheres Selbst beschloss, erneut einen weiteren Funken Bewusstseins in eine menschliche Inkarnation zu entsenden, um mir zu helfen, den Weg zurück ins Licht finden zu können. Da ich so verstrickt und vom Dunklen beeinflusst war, sogar vertraglich gebunden, brauchte ich tatsächlich Hilfe, denn alleine würde ich da nicht herauskommen können aus meinem selbsterzeugten Schlamassel. Mein höherer Anteil sah alles ganz entspannt, denn er wusste, dass das Licht seinen Weg findet und die Entwicklung durch und mit dem Dunkel ein wichtiger Reifeprozess für die Seele ist.

Ich konnte also zusehen, wie ein weiterer Funke in die niederen Ebenen abtauchte und in einen eben gezeugten Embryo versank und mit ihm verschmolz. Das Höhere Selbst wählte dabei die Eltern, das weitere grobe Setting wie Umfeld, Lebensumstände, Wohnen, Beruf, Hindernisse usw. sorgfältig aus, das, was Gustav, wie er heissen sollte, einmal erleben wird, weil es auf seinem Seelenplan steht. Das Höhere Selbst wählt also die Rahmenbedingungen aus ihm ganz eigenen Gründen, die Feinheiten wählt Gustav dann selbst. Oft wird er nicht bestimmen können, was auf ihn zukommt, weil es ihn einholt, aber er wird immer bestimmen können, WIE er durch all seine Erfahrungen geht. Weitere Feinheiten, wie etwa, was Gustav frühstücken, was anziehen, wann er dann spielen, wann einkaufen wird, seine Hobbies ... all das wird er selbst wählen und gestalten können. Wer und was ihm aus Bestimmung begegnen wird, zeigt sich im Laufe des Lebens. Was aber nicht heissen soll, dass Gustav eine Marionette ist, das ist niemand, der auf die Welt kommt.

Wir folgen unserem Seelenplan, was für unser Ego oft nicht einfach ist, weil es beschränkt und gekränkt und nicht an sein Höheres Selbst angebunden ist. Unser Ego überdeckt den Funken in uns, der zugestimmt hat, Vieles auf sich zu nehmen, weil er eine andere Sicht, eine

Weitsicht und den Überblick hat, den Sinn sieht und über mehrere Zeitalter denkt, nicht nur über ein einziges Menschenleben lang. Das, was uns Menschen so lang vorkommt, ein ganzes Menschenleben, ist aus anderer Perspektive und Wahrnehmung nur eine Millisekunde lang. Aber nun zu Gustav …

Gustav

Jacques hat das Wort an mich erteilt. Ich stelle mich vor: Gustav, geboren Anfang der Zwanzigerjahre, kurz nachdem Mathieu ins Licht gegangen ist. Ich werde euch nicht so viele Einzelheiten verraten wie Jacques. Ich gebe nicht gern so viel von mir preis. Ich hab lang überlegt, ob ich was sagen soll. Ich glaube, dass es wichtig ist, also erzähle ich von mir. Ihr werdet aber nicht alles erfahren, nur das Wichtigste. Ich schreibe aber in der Zusammenfassung, nicht in Briefform wie Jacques. Wen das stört, der braucht das nicht zu lesen. Ich finde nicht so tolle Worte wie Jacques, aber ihr werdet mich verstehen. Ihr könnt froh sein, dass ich was sage. Ich könnte ja auch nichts sagen. Also, Zusammenfassung von Gustav:

Der Krieg war das, was mich faszinierte. Ich war gefragt. Ich konnte mitmischen. Ich konnte was verändern und was fürs Vaterland tun. Ich wollte ein Held sein. Ich hatte keine Angst, nie. Aber Schmerz spürte ich schon. Es hat wehgetan, meine Eltern zu verlassen und in den Krieg zu ziehen. Ich war stolz darauf, meinem Vaterland zu dienen. Das Dienen ist in Vergessenheit geraten und muss gepflegt werden. Das Dienen muss wieder leben, sonst sind wir nichts. Wir sind dann alle nichts wert. Klar opfere ich mich nicht gern. Ich geh davon aus, dass ich gewinne. Also stürzte ich mich ins Geschehen. Ich schreckte vor nichts zurück und war für meine Kameraden da. Wir erlebten viel. Wir waren stolz auf unser Durchhaltevermögen, unsere Kraft und dass wir lange wach bleiben konnten und trotzdem noch funktionierten. Wir waren alle so stolz auf unseren Zusammenhalt und unseren Glauben, dass wir gewinnen. Aber wir versagten. Ich würde euch gern Einzelheiten vom Krieg schreiben, da bin ich aber nicht so gut drin. Ich bin besser im Tun. Ich bin ein Macher. Ich bin ein Kämpfer. Das Leben war ein Kampf und danach ist es auch nochmal ein Kampf. Das hört nie auf, Leute. Die Welt ist so schlecht und die Welt nach dem Tod ist kein bisschen besser. Leider.

Als ich im Krieg fiel, das kann ich euch erzählen, da war der letzte Moment ganz schlimm. Etwas traf mich auf meiner Brust. Ein Geschoss traf mich mitten auf der Brust und bohrte ein Loch hinein, da, wo das Herz ist. Ich hörte noch meine Kameraden schreien. Ich wollte selber schreien, aber das ging ja alles so schnell und ich war dann tot. Ich stand neben meinem Körper und kapierte erst mal nicht, dass es vorbei war. Meinen Eltern ging es ganz miserabel, als sie erfuhren, dass ich es nicht geschafft hatte. Da waren noch viele andere, die es nicht geschafft hatten. Die vielen armen Eltern, Geschwister, Freunde. Das ist ganz schlimm für die, viel schlimmer als für uns Gefallene. Immerhin gab es später Erinnerungen und Mahnmale. Wir Helden wurden nicht vergessen. Aber was hab ich davon. Ich hänge hier herum und da kommt so ein Jacques und quatscht mich an. Meine Güte, der sah noch schlimmer aus als ich nach dem Krieg.

Wir unterhielten uns etwas und er klärte mich auf. Wir haben was miteinander zu tun. Wir hängen beide fest und wollen beide wieder da raus. Bin mal gespannt, was er für Ideen hat. Er kam schon mit Engeln und so. Aber das kann er vergessen. Da halt ich nix von. Einen Gott oder so gibt es nicht. Der hätte sich mir schon gezeigt, jetzt, wo ich tot bin. Aber da ist nix. Da wird nie was sein. Irgendwie komisch.

Zum Glück ist dieser Jacques da. Was anderes kann ich nicht sehen und nicht hören. Weiss nicht, warum. Na ja. Mal sehen, wie es weiter geht. Jetzt geb ich das Wort wieder zurück an Jacques …

Mein menschlicher Träger

Paris im Jahre 1972, 20. Mai

Es hatte sich viel getan, viel verändert. Mittlerweile kam ich in den Genuss, nochmals meinem Schutzengel zu begegnen. Mein Licht in mir drängte mich, da ich von meinem Höheren total abgeschnitten war, zu meinem Ursprung zurück. Doch ich konnte nicht, vermochte nicht, die Schwere und eine Art Lähmung sowie das Dunkel zu überwinden und auszubrechen. Ganz vage erinnerte ich mich an die letzten Worte von Mireille, dem Kanal.

Ich glaubte, auf gewisse Weise soweit zu sein, Hilfestellung anzunehmen, denn mir war das ewige Dunkel und Selbstmitleid verleidet. Da ich es über so lange Zeit voll ausgekostet hatte und dann merkte, dass es mir nichts brachte, irgendwann auch verstand, dass die dunklen Engel nicht Recht haben konnten und etwas in mir erblühte, etwas Starkes, ein aus sich heraus funktionierendes Suchen nach Grösserem und Höherem, ähnlich wie zu meinen Lebzeiten, als ich diese Jagd, die ich beschrieb, die Jagd nach Grösserem durch Dichterei und Philosophie lebte und damit diesen Drang stillte, erschien mir mein Schutzengel, weil ich die Kraft hatte, zu glauben. Und so wurde mir mein Schutzengel Bindeglied und Informant, was wichtige Erkenntnisse und Zusammenhänge betreffend meines Seelenplanes und meines Höheren Selbst betraf. Mein Engel erinnerte mich daran, dass er nichts für mich und von mir lösen konnte, wollte und sollte, da es meine Aufgabe war. Er unterstützte mich dabei, jedoch erkennen, wachsen, lösen und aufräumen musste ich mit mir selbst und aus mir heraus. Vielleicht habt ihr schon an meiner Sprache gemerkt, dass ich reifer geworden bin, dass etwas wachsen konnte in mir und aus mir heraus. Und dennoch hing ich fest – ich hing in einer Isolation, meiner inneren Hölle fest, wollte endlich heraus und war offen für Möglichkeiten, mein Schlamassel zu lösen. So machte mich mein Engel darauf aufmerksam, dass ein weiterer

Funke meines Höheren Selbst geboren würde, um mir und Gustav, der auch festhing, zu helfen. Mathieu war kein Thema, denn er hatte seine Aufgabe, auf mich aufmerksam zu machen, erfüllt und war in Frieden ins Licht gegangen.

Irgendwann wurde mir bewusst, dass ich eine wichtige und grosse Rolle in dem ganzen Plan spielte. Jacques, der sich so wertlos und unbedeutend und schwach fühlte, spielte eine wichtige Rolle und sollte Vorreiter sein für viele unerlöste Seelen, Mut und Kraft zu finden, sich aus Isolation, Lähmung und Dunkel zu befreien. Mir wurde deutlich bewusst, dass sie Hilfestellung brauchten und beschloss, ihren menschlichen Trägern eine Möglichkeit zu geben, etwas eventuell verstehen zu können sowie ihre Sackgassen der unterschiedlichsten Symptome, bei denen ihnen vielleicht und in speziellen Fällen kein Arzt, kein Psychiater und Psychologe zu helfen vermochte, weil sie selbst die wahren Ursachen nicht sehen konnten, zu verlassen, weil sie gar keine Sackgassen sind, sondern nur massive Hinweise darauf, dass es etwas gibt, das angesehen und gelöst werden will.

So beschloss ich, vor meinem Gang ins Licht dieses Buch zu schreiben. Wenn ich auch dummerweise meine Gedichte mit in den nassen Tod nahm, so darf ich doch etwas viel Sinnvolleres und Grösseres zu Papier bringen, wenn ihr es denn annehmen wollt und könnt.

Mein Engel machte mich also darauf aufmerksam, dass ich gleich spüren würde, wie ein Ruck durch mich gehen und ich mich an meinem menschlichen Träger wieder finden würde, der gemeinsam mit dem Höheren Selbst – unserem Höheren Selbst – den Seelenplan angesehen und gewählt hatte, sich bereit zu erklären, mich, Jacques, als seinen unerlösten Seelenanteil, der ich ja tatsächlich bin, in seinem System der niederen Körper mit sich zu tragen.

Ich sollte nochmals massiv darauf aufmerksam machen, dass ich existiere und ohne Unterstützung nicht ins Licht komme. Da gibt es etwas zu verstehen, zu erkennen, zu vergeben, Mitgefühl zu haben, einen Vertrag aufzulösen und was alles noch dazu gehört, damit eine unerlöste Seele ins Licht gehen kann. Hier geht es nicht nur um abgespaltene Anteile, die sich unangenehm und plagend bemerkbar machen, wie bei Mathieu, sondern um eine unerlöste Seele in all ihrer Heftigkeit und ihrem Leid.

Auch Mireille hat sich bereit erklärt, nochmals in einer Inkarnation zur Verfügung zu stehen, mich und andere bestmöglich als Kanal zu unterstützen. Mireille wird aber erst am 22. April 1976 in einer anderen Identität zur Welt kommen.

Michaels Geburt

Zürich im Jahre 1972, 21. Mai

Es ging also der Ruck durch mich und ich fand mich im Mutterleib einer Schweizerin wieder, die kurz davor war, ihr Kind zu gebären. Es sollte dann ein Kaiserschnitt werden, wobei ich mit meinen Energien nicht ganz unschuldig, aber nicht alleiniger Auslöser war. So wurde ich also als unerlöster Anteil integriert in Michael geboren und sollte ihn lange Zeit begleiten. Es war faszinierend für mich, eine Geburt zu erleben, denn daran konnte ich mich natürlich selbst nicht erinnern, an meine Geburt. Aber bei Michael war ich voll dabei. Und doch trug mein System, das nun nur aus meinen feinstofflichen niederen Körpern, dem Mental-, dem Emotional- und Astralkörper bestand, die Informationen meiner Geburt als Jacques in sich. Die Umstände, wie ich damals gezeugt wurde und welchen Bezug – nämlich keinen – meine Mutter zu mir hatte und dass ich damals Horror hatte, nach der Einsamkeit im Mutterleib in die kalte und dunkle Welt zu kommen, denn das ahnte ich, dass mich da ein unangenehmes Leben erwartete, all das war in meinem System gespeichert und ging kurz vor der Geburt in Resonanz zu Michaels bevorstehender schwerer Geburt. Als ich mich also an ihn hing, überkam ihn das Grauen, weil er wohl auch die ganze

Schwere meines Lebens und Ablebens spürte und er wand sich, wollte sich befreien, kam dabei mit seiner eigenen Nabelschnur ins Gehege.

Auch Gustavs Resonanzen machten sich bemerkbar, wobei dieser nur auf weitere Entfernung mit Michaels System verbunden war, ähnlich der Geschichte mit Mathieu, der abgespaltene Seelenanteile von mir bei sich trug, wobei dies mit Gustav anders ist. Er befindet sich wie an einer langen Leine an Michaels System und sie spüren einander. Das wird sowohl für Michaels wie auch für Gustavs Wachstum wichtig sein, weil Michael einen ganz starken Funken in sich trägt, so stark, dass ihr es nicht glauben werdet. Aber dazu später.

Für mich war also Michaels Geburt eine faszinierende und eindrückliche Erfahrung, weil ich plötzlich wieder einen physischen Körper bekam. Ich hänge als unerlöste Seele komplett an ihm dran, kann mich bisweilen etwas entfernen, so wie ihr, wenn ihr schlaft – dann entfernt ihr euch auch von eurem physischen Körper und geht auf Reisen, ohne zu sterben. Euer Schutzengel wacht über euren reisenden, feinstofflichen Körper und die Schnur, die ihn mit dem physischen, schlafenden Körper verbindet. Seid froh um eure Schutzengel, es hat schon so manch eine dunkle Gestalt versucht, diese Schnüre zu kappen oder an sich zu reissen, um die Kontrolle über den Menschen zu haben. Aber das sind andere Kapitel, über die man auch nochmals ein ganzes Buch füllen könnte, wenn man es wollte. Das ist hier nicht meine Aufgabe.

Meine Aufgabe ist es, euch näherzubringen, was es heisst, eine sogenannte unerlöste Seele mit all ihren Themen mit sich schleppen zu müssen. Die Variante der abgespaltenen Anteile, die weitaus weniger heftig, aber auch nicht ohne Eindruck bleibt, habt ihr über Mathieu gelesen.

Was Michael mit mir durchmachen wird, ist unvergleichbar. Viele von euch tragen unerlöste Seelen mit sich. Überlegt einmal, wie kraftvoll und stark ihr sein müsst, dass ihr zugestimmt habt, dies mitzumachen. Und wie kraftvoll und stark euch der Himmel sieht, euch zu erlauben und euch zuzugestehen, dass ihr das machen dürft. Wenn es anders wäre, würde es der Himmel nicht erlauben – zu eurem Schutz. Euer Höheres Selbst ist Teil des Himmels.

Mit Himmel meine ich nicht den physisch sichtbaren mit den Wolken, sondern sinnbildlich den wunderbaren Bereich des Lichts und all der Liebe, unangetastet, vollkommen geschützt, rein und heil. Der Ort, wo sich heimkehrende Seelen in Ruhe erholen, heilen, beraten und entscheiden können. Es soll wohl so wunderbar dort sein, dass es sogar Seelen gibt, die sich langweilen, weil sie die Herausforderung, das Neue, die Spannung brauchen. Daher sind wohl auch sehr viele abgetaucht in die niederen Ebenen und auf der Erde inkarniert. Das Ego vieler dieser bereut es mittlerweile und hadert, verzweifelt und tobt – das Höhere Selbst sieht das anders und bleibt gelassen. Ob zu Recht oder Unrecht, wird jeder selbst für sich beurteilen können, wenn er stirbt, mit dem höheren Anteil in Kontakt kommt, Rückschau und Vorschau hält. Das kann niemand für jemand anderen tun, das wäre ja auch nicht richtig.

Ich berichte euch da und dort von meinen Erfahrungen und Erkenntnissen, meinem Wissen, weil es sein darf und vielen Hilfestellung sein mag, die festhängen, sich vergessen und verloren haben – ja, man kann sich auch selbst verlieren – verzweifeln und auf ihre Weise um Hilfe rufen. Die Hilfestellung kommt im Rahmen der zeitlichen Möglichkeiten, die der Himmel hat, denn er hört jeden einzelnen Hilferuf derer, die bereit sind, aus ihrer Sackgasse zu kommen. Sackgassen gibt es nicht, auch wenn die Dunklen es euch gern – ganz plausibel und überzeugend, und das ist keine Kunst bei gebeutelten und total von ihrem Höheren Selbst abgeschnittenen Seelen – einimpfen wollen. Die Hilfestellung kommt also zu jedem, es braucht Geduld, denn wir alle unterliegen dem Gesetz der Zeit, der Ursache und Wirkung. Die Hilfe kommt und viele wollen und können sie dann nicht sehen, wegen ihrer festgefahrenen Glaubenssätze, die sich auf ihre ganze Wahrnehmung auswirken, wegen ihrer Sturheit, ihrem Stolz, Hader, Verletzung. Das schon einmal erwähnte beschränkte und gekränkte Ego. Das ist die grösste Hürde, meine Lieben. Das ist euer grösster Feind, wenn es denn einen gibt. Der Feind, der ihr selbst seid, in euch selbst.

Es gibt nichts Leichteres, als ein beschränktes und gekränktes Ego zu manipulieren, verführen, abzulenken und zu behindern, dass es auf die Idee kommt, Hilfe zu holen oder diese wahrzunehmen oder zuzulassen oder sich sogar bereit erklärt, sich zu transformieren, zu reinigen, zu heilen, damit es sich, nachdem es sich über lange, lange Zeit aufgeplustert hat und das ganze menschliche System aus dem Gleichgewicht gebracht hat, wieder in seinen Platz einreihen kann.

Im Moment stellt es sich über alles, über Denken, Fühlen und Sein. Es sollte aber Teil sein in eurem System und nicht überhandnehmen. Das Kollektiv der Menschheit hat wohl diese Erfahrung gewählt, um daran zu wachsen, indem es die Erfahrung macht, wie es ist, ohne das Höhere, ohne angebunden und geführt und geschützt zu sein, durch mehrere Leben zu gehen, einsam, isoliert. Der Schutzengel beschützt uns schon und achtet darauf, dass wir keine Erfahrung machen, die unseren Grundschutz durchbricht. Und er lässt es zu, dass wir Erfahrungen des Ausgeliefertseins, der Ohnmacht, machen, wenn es auf unserem Seelenplan steht. Der Schutzengel stellt sich niemals über den Willen des Höheren Selbst. Liebe Leser, wenn ihr die Faust erheben wollt, klagen, hadern, schimpfen, wüten, so nicht gegen eine externe Gestalt, nein, euer Höheres Selbst ist der Auslöser. Seid also sauer auf euch selbst.

Ja, das ist nun unbequem, die Schuld nicht auf etwas Externes, Äusseres, Fremdes, Strafendes schieben zu können, wie es die Dunklen euch einreden wollen und euch darin bestärken. Aber glaubt mir, obwohl ich noch nicht ins Licht gegangen bin und nicht alles verstehe, was ich durchgemacht habe, so vertraut etwas tief in mir, dass alles einen Sinn hatte und ich es eines Tages verstehen werde, einordnen und in den Frieden mit mir kommen kann.

Diese Kraft, die mir das Vertrauen gibt, ist durchgebrochen, aus meinem eigenen innersten Kern, ein Lichtkern, wie ihn jeder hat, nachdem ich trotzig und wütend in meiner selbstgewählten Isolation, der inneren Hölle, schmorte.

Liebe Leserinnen und Leser, Trotz ist die destruktivste Spielart unseres Egos. Er wird sehr gern angestachelt von den Dunklen und wir alle sind empfänglich für ihre Anstachelungen, weil wir so gekränkt, gedemütigt und verletzt sind. Wenn wir nur kapieren würden, dass dieser Trotz, mit dem wir unserem Umfeld etwas beweisen oder es aus Rache kränken oder belehren wollen, uns selbst am meisten schadet, mit Zins und Zinseszins. Mir hat es in dem Masse geschadet, dass ich doch unnötig eine Verlängerung und einen Umweg gewählt hatte, obwohl ich schon früher aus meiner inneren Hölle ins Licht hätte gehen können. Danke, Michael, dass du mir die Chance gibst, nun, da es noch vertrackter und verstrickter und nochmals eine Nummer schwieriger ist, da wieder herauszukommen. Ich hoffe, du wirst mir eines Tages dafür vergeben können. Ich danke dir jetzt schon für deinen Mut, deine Kraft.

Der Michael kennt übrigens all diese Zeilen nicht, er hat sie nicht gelesen, denn er ist dabei, über sein Leben mit der Trichterbrust zu schreiben. Ich habe meiner Sekretärin, meinem Kanal gesagt, dass dies so gehandhabt werden soll. Michael verarbeitet sein Leben mit der Trichterbrust durch das Niederschreiben. Das kann ich nur jedem empfehlen, denn durch das Schreiben, das ich hier vollführe, kann auch etwas heilen. Ich danke auch meinem Kanal, meiner Sekretärin, dafür. Ihr seid sicher neugierig, wer das wohl sein mag, aber dazu später.

Die Dunklen schauen also, dass sie die beschränkten und gekränkten Egos aufspüren, die als unerlöste Seelen festhängen in den niederen Ebenen und versuchen, sie dann so zu beeinflussen, dass sie gar nicht auf die Idee kommen, sich Hilfe zu holen. Oder sie manipulieren diese auf psychologischem Wege, drücken unsere Knöpfchen und Themen, auch bei den Lebenden, damit wir alle nicht darauf kommen, freien Willens – und das ist wirklich der entscheidende Punkt – freien Willens ausbrechen zu wollen aus unseren Schlamasseln. Ja, liebe Leserinnen und Leser, das ist tatsächlich möglich, immer und überall. Aber wir selbst sind unser grösster Stolperstein, unser grösster Feind in uns und die Dunklen haben leichtes Spiel. Bis wir so wachsen und sogar über uns hinauswachsen, dass sie argumentieren, versprechen, uns an Verträge binden können, wie sie wollen, wir steigen aus und auf. Steigen aus aus der selbst erzeugten und gewählten Isolation, unserer Fehlwahrnehmung, unseren inneren Höllen, die wir auch als Lebende mit uns tragen – Michael wird wohl darüber berichten, schätze ich, würde mich wundern, wenn nicht – ja, die Dunklen versuchen starken Einfluss zu nehmen auf unseren freien Willen, denn das ist unser Schwachpunkt und Angriffspunkt. Unser System all unserer Körper ist ein Zusammenspiel und jeder einzelne Körper für sich – egal ob grob oder feinstofflich, ist für sich wiederum ein Angriffspunkt, unseren freien Willen dahingehend zu beeinflussen, zu lähmen oder zu stören, dass wir nicht mehr zurück ins Licht finden wollen und können.

Und dann ist da die Ungeduld, unser zweiter schlimmer Feind in uns. Und die fehlende innere Disziplin und Ausdauer mit uns. Glücklicherweise hat das Licht, der Himmel, vorgesorgt. Erinnert euch an euren Lichtkern in euch, bei vielen klopft er schon an und drängt, entgegen aller Verstrickungen und Verletzungen des Egos, in euch, aufzuwachen, umzukehren und freien Willens auszubrechen aus dem Dunkel. Egal was ihr je getan, gelassen, verschuldet, eingesteckt, verloren, vertraglich festgelegt habt, denkt daran: ihr habt immer und überall jederzeit die Möglichkeit, zu beschliessen, auszusteigen aus eurem Dunkel und aufzusteigen. Auch ein Lebender kann sich innerlich befreien und aufsteigen, dann muss er sich keinen menschlichen Träger mehr suchen, um das zu vollziehen.

Es gibt wunderbare Hilfen des Lichts, auch wenn ihr denkt, bei allen andern ja, bei mir nicht, bei mir ist es zu kompliziert, zu vertrackt, ich habe mir doch so viel Schuld aufgeladen ... vergesst das. Es gibt keine Schuld, nur Wachstum und Entwicklung, hat mein Engel mir verraten. Der Funke in mir versteht, was er meint. Ich selbst werde es verstehen, wenn ich im Licht bin, das spüre ich. Auch wenn ich jetzt gewachsen bin, gereift, mehr Weisheit werde ich im Licht haben, zumal mich dann kein Dunkel mehr beeinflussen kann, denn es ist eine absolute Schutzzone.

Ihr fragt euch, warum die Dunklen diese Schutzzone nicht angreifen? Das haben sie versucht und waren so sehr mit Licht konfrontiert, dass sie es nicht ertragen haben und Gefahr liefen, dass das Licht in ihnen – ja auch sie tragen einen Urkern des Lichts, auch die vielen gefallenen Engel – in Resonanz zum höheren Licht geht. Und das wollten beide nicht, weder das Dunkel noch das Licht, denn dann wäre der grosse Plan des Wachstums durch Polarität sabotiert. Wenn es an der Zeit ist, kehren auch die Dunklen wieder zum Licht zurück. Bis dahin dürfen und sollen wir an ihnen und durch sie wachsen und reifen, auch wenn es absolut keinen Spass macht, einem gelinde gesagt stinkt und mit den niederen Körpern, unserem System, sehr verletzend, schmerzvoll und grausam zugeht. Wer in der Wahrnehmung der niederen Körper festhängt, so wie der grösste Teil der Menschen – oder seid ihr etwa schon angebunden an euer Licht – fühlt sich nicht getröstet, wenn jemand sagt, dass alles gut ist, sein eigentliches Wesen lichtvoll, rein, heil und ganz, unsterblich ist. Nein, so jemand fühlt sich so richtig verhöhnt und verhökert, missverstanden, unverstanden, ungeliebt und trotzig. Ja, der Trotz, über ihn hab ich ja erzählt.

Das Ego hat grosse Angst, an sich zu arbeiten, denn die Dunklen haben ihm eingeredet, dass es aufgelöst oder zur Strafe in die Hölle geschickt wird. Noch einmal: es gibt keinen Ort namens Hölle, es ist ein Zustand, in dem wir festhängen, ein Wahrnehmungsbereich, in dem wir uns selbst isolieren und mit all unseren unaufgearbeiteten Themen konfrontieren und konfrontiert werden.

Die Dunklen wollen nicht, dass ihr erkennt, euer Ego, dass es einen wichtigen Platz hat, der Mensch ohne es nicht leben kann und soll, es aber gereinigt, harmonisiert und an seinem Platz eingereiht funktionieren soll, statt sich als Chef über das ganze System zu stellen. Es braucht viel Fingerspitzengefühl, mit einem Ego zu arbeiten, an es heranzukommen. Dafür sind viele lichtvolle Helfer da und bereit, lebende und feinstoffliche. Sie freuen sich zu helfen.

Wer das Dunkel als Entwicklungs- und Wachstumshelfer und nicht als Strafe ansehen kann, dient sich schon sehr.

Apropos dienen: Gustav, der völlig in seinem Ego steckt, von ihm beherrscht wird und gänzlich von seinem Höheren abgeschnitten ist, gebraucht sehr wahrscheinlich das bedeutungsträchtige Wort des Dienens aus seinem beschränkten und gekränkten Ego, ohne Weitsicht und aus einem anderen Hintergrund heraus. Er wird die erreichen und zu Fehlannahmen verleiten, die auch in ihrem beschränkten und gekränkten Ego feststecken, nicht angebunden ans Licht. Jemand, der im Prozess des Anbindens ist oder bereits angebunden, interpretiert den Begriff aus einem anderen Hintergrund heraus und es wird etwas ganz anderes dabei herauskommen.

Wie werdet ihr wohl das Dienen interpretieren, wenn ihr angebunden seid oder im Lichtbereich, um Rück- und Vorschau zu halten? Das wäre doch spannend, darüber zu berichten. Mal sehen, ob ich darüber ein Buch schreiben werde und darf. Meinen Kanal habe ich ja.

Noch etwas zum Licht: jeder hat ein Recht auf das Licht. Wer etwas anderes behauptet, lügt.

Der Seelenplan ist nicht zu verwechseln mit dem durch menschliche Interpretationen aus missmutigen und schweren Erfahrungen und dem beschränkten und gekränkten Ego heraus geprägten Wort „Schicksal". Das klingt nach Marionette, ausgeliefert sein, Strafe, Sünde und so weiter und so fort. Aber das ist es nicht. Mein Kanal wird später ein separates Buch zum Seelenplan schreiben, sie hat schon damit angefangen, denn auch eine andere Energie bat sie, Sekretärin zu sein.

Mireilles Inkarnation und Michaels Trichterbrust

Zürich im Jahre 1976

Das war das Jahr, in dem Mireille in einer anderen Identität inkarnieren und später unter anderem als mein Kanal dienen wird. Aber nicht in der Schweiz, sondern in Deutschland. Sie wird später dann auch einmal in die Schweiz kommen und der Seelenplan wird dafür sorgen, dass Michael und Marija zusammenkommen werden, um ihre Themen durch einander und miteinander zu lösen, natürlich auch, um glücklich zu sein und unter anderem dieses Buch zu schreiben. Es wird nicht einfach sein für sie, denn beide bringen eine Schwere und Hürden mit, Verstrickungen, Verirrungen und Verwirrungen ihrer Seelenanteile, unerlöster, wie auch abgespaltenen. Doch sie haben beide einen extrem starken Lichtkern, wie jede und jeder von euch und werden es schaffen.

Zürich 1976, Michael erlebt gerade die Hoch-Zeit seines Lebens, denn sein Licht ist sehr stark, er nimmt es wahr, fühlt sich verbunden, angebunden, unerschütterlich. Michael spürt den extrem starken Lichtfunken in sich, ein Teil seines Höheren Selbst. Dieses Höhere Selbst hat aus seinem Kern einen Lichtfunken entsandt, der als Mensch Michael 1972 geboren wurde und sich so wegen meines Dunkels im Mutterleib wand.

Meine Wenigkeit oder auch Gustav waren Funken aus dem Randbereich, die entsandt wurden und auch schon stark sind. Der Lichtfunke aus dem Kern, aus dem wenn ihr sagen wollt Herzen des Höheren Selbst ist unglaublich mächtig, schön, mutig, liebevoll, weise und stark. Es ist der Kern von Erzengel Michael, keinem geringeren als dem Lichtfürsten, der aus unendlicher Liebe zu mir als Hilfestellung diesen Funken entsandt hat, um mir Hilfe zur Selbsthilfe zu geben, damit ich ins Licht zurückkehren kann. Zudem hat Michael, der Mensch, auch noch zugestimmt, viele weitere Aufgaben zu übernehmen, weil er ein so starkes Licht in sich trägt, das vieles erträgt und übersteht.

Mein Lichtfunke und der Lichtfunke von Michael werden im Laufe der Zeit immer wieder in Resonanz gehen, sich bestärken, aber auch aufeinanderprallen. Heftig sogar, sehr heftig. Wenn mein Leid, das ich durch Erlebnisse, die Michael auf dieser Erde macht und die in Resonanz zu meinen Themen aus meinem Leben als Jacques kommen, in Wettstreit und Kampf mit dem Licht in Michael geht. Ihr müsst bedenken, dass mein Dunkel, mein Unerlöstes, sehr im Hader mit dem Höheren Selbst ist.

Ich weiss, seit ich am Körper von Michael dranhänge, dass er das „Herz" von Erzengel Michael in sich trägt und bin natürlich wütend, trotzig und spüre Leid, Wut und Hass. Der Selbsthass, den Michael immer wieder spüren wird, ist Jacques' Hass wegen und gegen den Seelenplan und Michael ist ein Stellvertreter des Höheren und badet es aus. Aber er ist stark, sehr stark. Michael, ich hoffe, du kannst mir vergeben und wir machen keinen Mist, denn wir wollen uns nicht beide an einen weiteren menschlichen Träger hängen müssen, ich glaube, wir wären zu schwer. Ich weiss nicht, was sich das Höhere Selbst da einfallen lassen würde. Mein Engel sagt mir gerade, das Höhere Selbst schmunzelt liebevoll. Soll ich jetzt sauer werden?

Wir sind also in Zürich im Jahre 1976. Es wird grosse Veränderungen für Michael geben, sehr grosse. Er wird wenige Jahre später die Scheidung seiner Eltern erleben, die Scheidung von seinem geliebten, geborgenen, vertrauten Umfeld und Freunden und es wird ihn in seine innere Hölle stürzen.

Die Scheidung wird dann eine Erinnerung daran sein, dass ich, Jacques, mich vom Licht und meinen Möglichkeiten geschieden habe. Nicht als Strafe, sondern als Signifikator, dass es mich gibt, ich eine unerlöste Seele bin, die Hilfe braucht und endlich bereit ist, ins Licht zu gehen. Doch Michael verstand mich nicht, verstand die ganze Inszenierung des Lebens, die vom Seelenplan aus kam und unter anderem durch mich ausgelöst wurde, nicht. Wie auch. Woher sollte er es wissen. Aber es war auch nicht die Zeit, zu verstehen.

Es war Zeit, das Dunkel zu erleben, durchzugehen und einen eigenen Reife- und Wachstumsprozess zu erleben. Michael, du bist gewachsen, auch wenn es dir nicht so vorkommt. Und dein Licht in dir ist herangereift, hat sich seinen Weg Stück für Stück an die Oberfläche gesucht, wie ein eben Ertrinkender, der immer wieder an die Oberfläche kommt, nach Luft schnappt, um dann wieder abzutauchen, hinuntergerissen zu werden. Das darf und kann jetzt vorbei sein, lieber Michael, ausser du stehst dir mit deinem beschränkten und gekränkten Ego im Weg, und deinem Trotz. Ja, das tust du und auch das braucht es.

Ich werde immer wieder erleben, was das alles mit dir macht und du wirst dieses Déjà-vu haben, wie ich, als ich beschrieb, dass ich immer und immer wieder über lange, lange Zeit die gleiche Schlaufe lief, versuchte, den Stein weg zu kicken und dann mein Ertrinken noch einmal durchspielte.

Diese Schlaufen kennst du, wenn sie dich immer und immer wieder einholen und du hast die Nase voll. Zu Recht, lieber Michael und die vielen Dunklen bequatschen und betören dich. Sie reiben sich die Hände und sind sich siegessicher, weil sie es mit dem Herzen des Erzengels zu tun haben und ihre Chance wittern. Aber sie haben nicht mit der gesunden Macht und Kraft der Liebe gerechnet. Der Liebe und des Lichts. In ihm. In euch. In jeder und jedem von euch.

Ich lasse Michael nun aber selbst zu Papier bringen, was es bedeutet, mit einer Trichterbrust zu leben …

Michaels Leben mit der Trichterbrust

Liebe Leserinnen und Leser

Ich bin Michael und durfte 1972 in der Nähe von Zürich das Licht der Welt erblicken. Meine Geburt war für mich und meine Mutter eine Tortur, die wir beide fast nicht überlebten. Vielleicht wäre es auch besser für mich gewesen, hätte diese damals nicht geklappt, dann hätte ich mir viel Leid ersparen können. Dieser Gedanke würde mich immer wieder einholen …

Die erste Hälfte meiner Kindheit war wunderbar. Ich hatte jede Menge tolle Freundschaften, war beliebt, wir Kinder spielten viel zusammen auf der grossen, grünen Wiese vor unserem Wohnblock und ich konnte, wie alle Kinder, noch die geistige Welt wahrnehmen. Wenn ich mich dann mit freiem Oberkörper vor den anderen gezeigt habe, so hat mir das nichts ausgemacht. Klar, sie konnten ja auch noch nichts von der Trichterbrust bei mir erkennen, da mein Körper noch nicht soweit entwickelt war und ich einfach noch zu klein war, um zu realisieren, dass sich diese in meinem Körper entwickelt, dass ich einmal „anders" sein werde. Ich war noch so völlig unbeschwert.

Als ich ungefähr sechs Jahre alt war, liessen sich meine Eltern scheiden und auf einen Schlag brach meine heile Welt zusammen. Natürlich hatte ich mit meiner Wahrnehmung schon länger gespürt, dass es zwischen Mami und Papi immer weniger harmoniert hatte, aber das wollte und konnte ich einfach nicht wahrhaben … In meiner Ohnmacht und Hilflosigkeit habe ich dann meine Wut über die Situation kurzerhand verdrängt, was aber keine gute Idee war!

Kurz nach der Trennung zog meine Mutter dann mit mir aus finanziellen Gründen um. Liebe Leserinnen und Leser, ihr könnt euch nicht vorstellen, wie weh das Abschiednehmen von meinen Freunden tat! Ich hatte am ganzen Körper gezittert, bitterlich geweint und den ganzen Umzug einfach nicht wahrhaben wollen. Die erste Zeit am neuen Ort war der blanke Horror für mich, ich kannte niemanden, ausser meiner Omi, welche im Block gegenüber von uns wohnte. Sie war auch der Grund dafür, weshalb wir umgezogen sind, denn sie sollte zukünftig nach mir schauen, wenn ich nach der Schule heimkam und meine Mutter noch arbeitete. Es dauerte zum Glück nicht lange und ich fand wider Erwarten Anschluss zu Gleichaltrigen in der Nachbarschaft und es entwickelten sich auch wunderbare Freundschaften.

Meine Primarschulzeit war noch ziemlich in Ordnung, abgesehen von ein paar Sticheleien wegen meiner feingliedrigen Erscheinung. Doch zum Glück wurde ich mit breiten Schultern gesegnet, was mich dann in solchen Situationen immer wieder trösten konnte. Doch das sollte sich schon bald ändern ...

Mit fortschreitendem Alter und körperlicher Entwicklung hat sich dann leider auch meine Trichterbrust immer mehr herausgebildet und mein Leidensweg sollte erst so richtig beginnen. Die Zeit als Teenager war besonders schlimm. Liebe Leserinnen und Leser, könnt ihr euch vorstellen, wie es ist, wenn euch beim Duschen nach dem Sport alle auf die Brust starren und Kommentare abgeben wie *„Igitt!"* und *„Was hast du denn da für ein Loch?"* oder *„Hattest du einen Unfall?"* – und ganz schlimm *„Du bist kein ganzer Mann!"* und noch viele mehr ...

Nach diesen Sprüchen hätte ich vor Peinlichkeit und Scham einfach nur im Erdboden versinken können und mein Selbsthass stieg mit jedem Kommentar mehr und mehr. Zu Hause wollte ich mich gar nicht mehr vor dem Spiegel betrachten und falls ich mich dann doch mal dazu überwinden konnte, so war das jedes Mal wie ein Stich ins Herz. Besonders die Ansicht von der Seite war für mich grausam.

Als Teenager erwachten dann auch bei mir, wie bei den meisten jungen Männern, die ersten sexuellen Gelüste, aber an eine Beziehung oder Zärtlichkeiten mit einem Mädchen war gar nicht zu denken, meine Scham und meine Angst, mich ihr nackt zu zeigen, waren dafür viel zu gross. Zwar hätte ich Chancen gehabt, diese aber aus Angst vor möglichen Kommentaren nie ergriffen. Besonders in der Badi war es jedes Mal eine Qual, mich den anderen nur mit Badehose bekleidet zu zeigen und ich ging so viel ich konnte ins Wasser, damit man meine Trichterbrust nicht sehen konnte. Unbeschwert das schöne Wetter zu geniessen, mich zu sonnen, das war für mich einfach nicht möglich. Meine Mitmenschen wollten mich zwar beruhigen und versuchten immer wieder, meine Trichterbrust herunterzuspielen mit Kommentaren wie *„Das ist ja gar nicht so schlimm!"* oder *„Man sieht ja so gut wie nichts!"* und merkten dabei nicht, dass sie dadurch alles nur noch schlimmer machten. Sie wussten es einfach nicht anders.

Ich zog mich immer mehr zurück in (m)eine Traumwelt, wo ich perfekt war. Ich spielte Videospiele bis zum Umfallen, habe angefangen zu rauchen und der Ausgang war so gut wie gestrichen. Ich verdrängte einfach die Tatsachen und ja, im Verdrängen war ich wirklich gut! Man, wie habe ich doch an mir vorbeigelebt. Doch irgendwann konnte und wollte ich einfach nicht begreifen, dass da diese blöde Trichterbrust ist und ich mein Leben lang anders sein sollte.

Mein Selbsthass stieg und stieg … soweit, dass ich mir als junger Erwachsener sogar mein Leben nehmen wollte, so gross war meine Verzweiflung und meine Ohnmacht über meine Situation! Ich war wieder einmal alleine zu Hause und auf einmal überkam mich eine solche Wut, dass ich in die Küche ging, mir ein grosses Messer schnappte, die Spitze auf meiner Brust ansetzte und zustossen wollte. Aber ich konnte es nicht tun, zum Glück! Dann versuchte ich meinen Kummer zu vergessen, indem ich mich an den Wochenenden immer wieder mal betrank. Oder ich stieg in mein Auto und raste einfach drauflos. Ja, ich wechselte die Autos wie andere die Frauen, um mein Ego zu befriedigen. So konnte ich wenigstens meine Gedanken für eine kurze Zeit vergessen, dachte ich mir. Mit dem Rauchen hatte ich zwischenzeitlich aber wieder aufgehört, weil ich gemerkt hatte, dass es mir gesundheitlich nicht gut tat. Der Vorfall in der Küche hatte mir schon zu denken gegeben und ich versuchte mich nun zukünftig so gut es ging mit meiner Trichterbrust zu arrangieren.

Eines Tages kam mein Kollege vorbei und bat mich, ihn mit ins Krafttraining zu begleiten. Zuerst hatte ich gezögert, bin dann aber doch mit ihm mitgegangen. Den ersten richtigen Muskelkater danach werde ich mein Leben lang nicht mehr vergessen. Wow, war das eine Erfahrung und ich spürte zum ersten Mal so richtig meinen Körper. In kürzester Zeit konnte ich miterleben, wie sich Muskeln ausbildeten, an meinen Armen, meinen Schultern, am Rücken und meiner Brust, ausser im Trichter, da bildete sich gar nichts! Da konnte ich so viel Brust trainieren, wie ich wollte – der Trichter blieb! Von vorne betrachtet sah man im Spiegel zwar so gut wie gar nichts, aber dann von der Seite …! Da wurde es mir wieder schmerzlich bewusst, dass ich „anders" bin. Trotzdem baute mich das Krafttraining physisch wie auch psychisch auf und sollte mich noch lange auf meinem Lebensweg begleiten. Es gab mir einfach ein gutes Gefühl, wenn ich mit meinen Muskeln bei meinen Mitmenschen punkten konnte und ich hatte, zumindest phasenweise, ein gutes Körpergefühl. In dieser Zeit kam dann auch mein Wunsch auf, eine Kampfsportart zu erlernen, um mein Selbstvertrauen zu erhöhen, aber das hatte ich dann schnell wieder aufgegeben, nachdem ich in der Probelektion war. Die Angst, einen Schlag auf die Trichterbrust zu bekommen und dadurch den Trichter noch zu vertiefen, war einfach zu dominant. Das hat extrem wehgetan, diesen Traum zu begraben.

Tja, die Sache mit dem Körpergefühl, das ewige Auf und Ab, sich manchmal bewusst nicht spüren zu wollen oder zu können … Einmal in den Ferien habe ich mir am ersten Tag einen solchen schlimmen Sonnenbrand eingefangen, dass ich die ganzen restlichen Ferien nur noch am Abend rausgehen konnte. Ich hatte überall am Oberkörper Blasen und an eine gute ärztliche Versorgung war vor Ort leider nicht zu denken. Als ich zu Hause wieder angekommen war, ging ich dann sofort zum Arzt, welcher bei mir doch tatsächlich eine Verbrennung zweiten

Grades diagnostiziert hatte. Am allerschlimmsten hatte es mich natürlich ausgerechnet auf meiner Trichterbrust erwischt. Ich weiss noch, wie die Haut dort ganz weich war und sich langsam ablöste. Aber die Angst darüber, dass mein Trichter dadurch noch schlimmer würde, hat mich die Schmerzen schnell vergessen lassen. Doch ich hatte Glück im Unglück und die Haut konnte sich wieder gut von der Verbrennung erholen. Ja, ich hatte meinem Körper schon sehr viel zugemutet. Vielleicht wollte ich mich auch einfach an ihm rächen ...

Als ich dann Jahre später meine erste feste Beziehung hatte, kam dieses alte Schamgefühl wieder mit voller Wucht auf mich zurück. Wie würde Sie wohl auf meine deformierte Brust reagieren? Welche Kommentare würde ich mir wohl anhören müssen? Glücklicherweise sollten sich aber alle meine Befürchtungen nicht bewahrheiten und meine Trichterbrust war kein Thema. Trotzdem holten mich die Gedanken und der Leidensdruck immer wieder aufs Gröbste ein ...

Mit der Zeit musste ich lernen, meine Trichterbrust zu akzeptieren und mit ihr zu leben. Besuche in öffentlichen Badeanstalten waren zwar immer noch selten, aber trotzdem schaffte ich es ab und zu mit einem fast guten Gefühl dorthin zu gehen. Manchmal, wenn die Verzweiflung und Ohnmacht wieder überhandgenommen hatten, habe ich mir dann Hilfe im Internet gesucht. Dort hatte ich in verschiedenen Foren andere Leidensgenossen getroffen und dabei festgestellt, dass ich nicht zur Ausnahme gehöre und es noch viele andere Männer mit einer Trichterbrust gibt. Das tat mir ausserordentlich gut, mich mal endlich mitzuteilen und mit meinem Problem ernst genommen zu werden. Trotzdem überkamen mich aber immer wieder diese Schübe von Wut, Selbsthass und Verzweiflung und ich beschloss, dieses Thema endgültig anzugehen. In den Foren hatte ich verschiedene Methoden zur operativen Korrektur einer Trichterbrust kennengelernt, welche mir dann aber schlussendlich doch zu risikoreich erschienen. Nach weiteren Nachforschungen im Internet ist mir dann aber eine völlig andere und neuartige Methode ins Auge gestochen, mit minimalem Aufwand, aber allerdings nicht dauerhaft. Ich beschloss, mich konkret darüber zu informieren und vereinbarte einen Termin beim Chirurgen. Dort passierte etwas Wundervolles, was meine Einstellung zu mir ändern sollte! Der Chirurg bat mich, mich oben freizumachen. Er schaute mich an, staunte nicht schlecht und sagte mir, dass er noch nie einen solch fitten Informatiker gesehen hätte. Wow, tat das gut, das Krafttraining hatte sich also tatsächlich gelohnt! Die Trichterbrust war auf einmal in den Hintergrund gerückt, aber natürlich hatte er mich noch über die Vorgehensweise und die Methode aufgeklärt. Wieder zu Hause angekommen wurde mir klar, dass nicht die Trichterbrust das Problem ist, sondern meine Einstellung zu dieser! Trotzdem holte es mich immer wieder ein …

Als ich Monate später zu meinem Hausarzt ging, wollte ich es wieder einmal wissen. Ich fragte ihn sicher schon zum dritten Mal, ob er meine Trichterbrust denn schlimm fände und ob er sie operieren würde. Da erzählte er mir von einem jungen Mann, der sich seine Trichterbrust aus lauter Verzweiflung operativ korrigieren liess. Die schwere Operation war bei ihm geglückt, die Brust wunderschön korrigiert. Doch dann kam für ihn der totale Absturz! Er hätte doch eigentlich glücklich sein können mit seiner neuen Brust, aber das pure Gegenteil war der Fall! Das hatte mich erneut aufgerüttelt und gezeigt, dass es nicht reicht, seinen Körper einfach nur physisch zu verändern, nein, es braucht auch psychische oder sogar geistige Veränderung!

Dank meiner neuen Liebe, die auch Kanal zur geistigen Welt ist, durfte ich dann den Jacques kennenlernen.

Ich begreife nun, dass er es war, welcher mich immer wieder die Verzweiflung und die Ohnmacht spüren liess, dass meine Trichterbrust physisch gar kein Problem darstellt und ich eigentlich glücklich sein kann! Ich freue mich darauf, diesen Seelenanteil mit Hilfe des Kanals ins Licht begleiten zu dürfen und bin schon jetzt gespannt darauf, was mir das „neue" Leben alles bringen wird!

Was ist Realität?

Schweiz im Jahre 2013, im Dezember

Meine Realität war zu Lebzeiten das Leben, in dem ich mich befand, als Jacques, geboren am 14. November 1684 in Paris, gestorben am 31. Dezember 1718. Ich wurde nur 34 Jahre jung und doch kam mir mein Leben ewig lang und sehr, sehr schwer beladen vor. Habt ihr euch schon Gedanken über die Realität gemacht? Meine Realität, als ich lebte, war die Welt, die ich sehen, hören, spüren, anfassen konnte. Die Welt, in der ich träumen und meine Gedichte zu schreiben vermochte. Die Welt, in der ich mit Martine unter dem Sternenhimmel philosophieren und mit Pierre Zärtlichkeiten austauschen konnte. Viele Menschen in meiner Realität sprachen davon, dass Träume Augenwischerei wären, auch die Tagträume. Pierres Vater sprach immer wieder davon, der Realität ins Gesicht zu sehen, aufzuwachen und er hielt nichts bis gar nichts vom Philosophieren, Dichten, Träumen. Das wäre fern der Realität.

Jetzt, wo Pierres Vater sicher auch nicht mehr lebt, gestorben und neben seinem physischen Körper gestanden war, wird er wohl auch begriffen haben, dass es noch eine andere Realität gibt. Dass das Leben, das wir hier und jetzt leben, wie eine Theaterbühne ist, mit Regisseur, Schauspielern, Bühne und Requisiten.

Ein Requisit legen wir ganz sicher ab, nachdem wir gestorben sind: unseren physischen Leib. Diejenigen, die sich nur darüber definieren und identifizieren, werden vor ein grosses Problem gestellt. Entweder begreifen sie gar nicht, dass sie tot sind und geistern im Glauben daran, zu leben, durch ihr altes Leben, bis dieses nach Jahren, nach Jahrzehnten, nach Jahrhunderten seine Schauspieler und Requisiten ändert und sie im Schock begreifen, was wohl los sein möge. Oder sie lassen sich von gefallenen und dunklen Wesen in Bereiche führen, die sie glauben machen, dass dies ihr Leben wäre. Sie erleben wie ein Hologramm ihres Lebens und verstehen gar nicht, dass sie einer Illusion verfallen. Früher oder später lässt ihr Lichtkern in ihnen sie aufwachen, aufmerken und sie begreifen, dass sie wie in einem Bann, in einer Art Zauber gefangen sind, in den sie sich freiwillig und unwissend haben hineinversetzen lassen. Unser aller Schwachpunkt ist unser Ego, unser niederes Ich, das verletzt und manchmal verbissen und beschränkt, wie es ist, Beschlüsse fasst, die es auf Umwege und Irrwege bringt. Und da unser Ego über den freien Willen verfügt, richtet es da und dort seltsame und unnötige, im Nachhinein gesehen aber sehr lehrreiche Eskapaden an.

Aber nun zurück zum Begriff der Realität: mittlerweile begreife ich, dass es etwas anderes und mehr als nur das Leben gibt, das wir als Menschen auf der Erde erleben, begrenzt durch unsere Sinne. Ja, da gibt es Menschen, wie Mireille, die ihrer Bestimmung zufolge mehr Sinne geöffnet haben. Es wäre etwas, das in jeder Person veranlagt, aber dann aus verschiedensten Gründen und auch dem zivilisationstechnischen Wandel bedingt entsprungenen Leben und Erleben bei vielen Personen verschüttet gegangen oder freiwillig abgelegt wurde, weil sie nicht damit klar kamen oder sogar auf Leib und Leben bedroht wurden, wenn sie es anzuwenden trauten. Diese Zeiten kennt ihr sicher, wo zahlreichen Menschen grosses Unrecht getan wurde, im Rahmen der Inquisition beispielsweise – aber auch zu anderen Zeiten, in anderen Ländern, mit anderen Sitten und Gebräuchen.

Die Realität erstreckt sich viel weiter als nur das menschliche Leben. Wenn ich schaue, was ich jetzt in meinem Zustand als unerlöste Seele wahrnehme, nicht mehr lebend aber auch noch nicht im Licht, zwischen den Welten hängend, so begreife ich, dass es wichtig und richtig war, dass ich, als ich lebte, nur dieses wahrnehmen konnte und sollte, nicht mehr und nicht weniger. Wenn ich so sehr viel wie Mireille hätte wahrnehmen können, hätte ich gar nicht meine Reifung und Entwicklung durch all die Erfahrungen durchleben können. Das erkenne ich jetzt. Dass ich euch solche Erkenntnisse weitergebe und ihr euch wundert, vielleicht reklamiert, dass ihr ja doch auch eure Reifung und Entwicklung durchgeht und es gut ist, wenn ihr nicht über den Tellerrand schauen könnt, weil es aus gutem Grund ist, aus Schutz vielleicht oder um keine Ablenkung zu bieten, so sag ich euch Folgendes: ich lebte vor Jahrhunderten, wo es für das Kollektiv der Menschen wichtig war, nicht zu viel zu wissen und zu sehen, kein so grosses Bewusstsein haben zu sollen. Das Kollektiv der Menschen ging durch diese Erfahrungen der Beschränkung und den Alleingängen des niederen Ich, des Egos, was sehr wichtig war. Das Kollektiv der Menschen ging diesen Weg schon lang und reifte dadurch, ohne bewusste und freiwillige Führung und Schutz durch ihr Höheres, Irrwege, Umwege zu gehen, auf die Nase zu fallen, sich mühsam durch das Leben zu „wurschteln".

Nun ist eine Zeit angebrochen, es ist an der Zeit, das Bewusstsein zu erweitern, über den Tellerrand zu schauen, zu erkennen, dass die Realität nicht nur das menschliche jetzige Leben ist, dass ihr aus mehr besteht, als nur aus euren niederen Körpern dem Leib, dem Mentalkörper sowie Emotionalkörper und dass ihr viele unerlöste Seelenanteile und unerlöste Seelen mit euch tragt, dass ihr die Kraft und die Macht habt, zu erkennen, mit euch und euren Leben, die ihr hattet, aufzuräumen, denn die geistige Welt des Lichts kennt keine Begrenzung durch Zeit und Raum. Ihr könnt geführt und geschützt, denn das ist wichtig, zu jeder Begebenheit, jedem Leben reisen, klären, vergeben, erkennen, befreien … um dann in einem gänzlich und vollkommen neuen Bewusstsein aufzusteigen und auszusteigen aus alten Verstrickungen, Verirrungen, Verwirrungen und Verkrustungen.

Wie ihr wisst, gehöre ich keiner Glaubensrichtung an. Die geistige Welt des Lichts ist immer und überall für jede Person da, egal, welchen Alters, Geschlechts, egal welcher Nationalität und auch egal welcher Glaubensrichtung. Sie arbeiten nach den universalen Gesetzen und Prinzipien und lassen sich durch kein Ego, auch nicht ein solches, das sich hinter Deckmäntelchen irgendwelchen Glaubens oder Sekten verbirgt, ablenken, beeinträchtigen oder einschüchtern.

Es gibt dunkle Energien und ihre Diener, die versuchen werden, denen es auch schon oft genug gelungen ist, euch davon abzuhalten, einen Blick über den Tellerrand zu bekommen, euch zu entfalten, euch zu erinnern, welches Potenzial ihr in euch habt, auszusteigen aus eurer Begrenzung der sogenannten Realität und dann aufzusteigen zu einem allumfassenden Bewusstsein mit all seinen Konsequenzen.

Ich darf euch mit meiner Geschichte helfen, über euren Tellerrand blicken zu wollen, anzufangen, mit euren unerlösten Seelen und Seelenanteilen aufzuräumen, ihnen zu helfen, zu erkennen, zu vergeben, zu klären, sich zu verwandeln, damit der Lichtkern in euch eure niederen Körper zu dem machen kann, was euer Geburtsrecht ist: aufrechte, liebevolle, wertschätzende, freie, glückliche Wesen zu sein, Menschen, die nicht mehr Tier, sondern wieder Mensch sind, so, wie sie ursprünglich gedacht waren.

Vielleicht klingen meine Worte wie die eines Irren oder die einer Person, die eine Gehirnwäsche bekommen hat oder einer Sekte oder irgendwelchen sogenannten esoterischen Kreisen angehört. Liebe Leserinnen und Leser, ich bin Jacques und lebte vor einigen hundert Jahren. Jetzt hänge ich als unerlöste Seele zwischen den Welten, schreibe über meinen Kanal mein Buch an euch, mein Leben, meine Erkenntnisse und werde am 31.12.2013 ins Licht gehen, wobei mir mein Kanal helfen wird. Auch das werde ich notieren.

Wenn ihr meine Zeilen lest, werde ich im Licht sein und mich über mein Licht und meine Liebe mit euch verbunden fühlen. Durch meinen Austausch mit meinem Engel, meinem Schutzengel, weiss ich das und auch nur, weil ich jetzt dazu bereit bin und bin gespannt, wie es sein wird, ins Licht zu gehen.

Mein Kanal hat Zugang zu allen Ebenen, daher kann ich dann auch vom Licht aus schreiben. Weil ich am 31.12. zum Jahreswechsel mir das Leben genommen hatte, weil ich dachte, so das Alte hinter mir zu lassen – um zu merken, dass ich erst recht ganz tief drin steckte – möchte ich am 31.12. ins Licht gehen, um meine alten Energien und

Einstellungen hinter mir zu lassen. Das hätte ich auch lebend machen können, ohne mich dafür umzubringen.

Ihr könnt das Alte, das euch belastet, hinter euch lassen, ohne euch das Leben zu nehmen. Ist das nicht eine wunderbare Möglichkeit? Und ich freue mich, dass Michael dann frei sein wird, es ist höchste Zeit, dass er anfangen kann, sein Potenzial und seinen Lichtkern zu leben. Im Moment schreibt er noch an seinen Aufzeichnungen, wie es ist, mit einer Trichterbrust zu leben und weiss noch nichts von diesen Zeilen. Er wird all dies erst lesen, wenn er mit seinem Part fertig ist, was für seinen Entwicklungs- und Wandlungsweg sehr essenziell ist.

Vorbereitung von Gustav

Schweiz im Jahre 2013, 18. Dezember

Mein Kanal Marija, die Inkarnation von Mireille, dem Kanal, hat heute Hilfestellung gegeben, dass sich Gustav auf den 31.12. vorbereiten kann. Gustav lehnt die Engel ab, er glaubt nicht an sie und auch nicht an etwas Höheres wie einen Gott, weil er sich ihm nicht gezeigt hat. Gustav konnte nichts wahrnehmen, weil er nicht daran glaubte.

Erinnert ihr euch daran, was ich schrieb, dass wir nur dies wahrnehmen können, was sich in unserem Schwingungsbereich befindet? Unsere niederen Körper sind miteinander und mit dem ganzen System von Himmel und Erde verbunden. Sie schwingen in ihrer ganz eigenen Frequenz und gehen nur in Resonanz zu gleicher oder ähnlicher Frequenz, alles Weitere entzieht sich der Wahrnehmung. Auch die Materie, was wir anfassen können, ist Schwingung, sie schwingt so dicht, eng und nieder und drängt sich der menschlichen Wahrnehmung naturgegeben am ehesten auf, weil die meisten Menschen noch in niederen Frequenzen schwingen und sich über ihre niederen Körper – manche sogar nur über ihren physischen Körper – identifizieren. Zudem lässt sich die

Materie anfassen und mit den Sinnen des physischen Körpers wahrnehmen. Es ist keine Kunst, daran zu glauben, dass es die Materie gibt.

Erinnert ihr euch auch daran, dass Gustav ein Lichtfunke des Höheren Selbst ist, aus dem auch ich, Jacques, entsprungen bin? Daher, weil er Resonanz zu meinem Licht in mir hat, kann Gustav mich wahrnehmen.

So haben mein Kanal und ich in geführtem und geschütztem Rahmen, denn das ist sehr wichtig bei diesen Arbeiten, Kontakt mit Gustav aufgenommen. Erst hab ich mich gezeigt und gemeint, ich würde ihm gern eine weitere Person vorstellen. Gustav willigte ein und mein Kanal stellte sich vor, als Mensch, der lebt und die Gabe besitzt, Bindeglied, Hilfestellung und Brücke zu sein, Kanal zu sein für u. a. unerlöste Seelen und Seelenanteile, wie Gustav es ist. Er zeigte sich erstaunt darüber, hörte jedoch zu und mein Kanal durfte ihren Grossvater zu Hilfe nehmen. Dieser war vor etlichen Jahren gestorben, ein Bosnier, der den Krieg erlebte. Ihr könnt euch vorstellen, dass Gustav sofort darauf ansprang und sich erstaunt zeigte, dass dieser Mann ihm das „Du" anbot, weil sie auf Augenhöhe wären. Gustav erstaunte noch mehr, als dieser Mann, der einst den Krieg erlebte, schon als Säugling seine Mutter an den Tod verlor und als Verdingkind arbeiten musste, sein Leben lang für oder um etwas kämpfen, um das Überleben, für seine Kinder, für seinen Ruf – er sass aus politischen Gründen im Gefängnis – und für ein materiell möglichst sorgenfreies Leben, dass dieser Mann begann, vom Licht und von den Engeln zu reden.

Auch er war als unerlöste Seele unterwegs und war sehr dankbar, dass seine Tochter und Enkeltochter, der Kanal, ihm Hilfestellung gaben, aus eigener Kraft ins Licht zu gehen, sich zu befreien von Schuld und Last, Vergebungsarbeit zu leisten und an einen Punkt zu kommen, wo er immerhin im Licht weilen, klären, reinigen, heilen konnte und von hier aus eher die Möglichkeit hatte, Kontakt zu seinen übrigen Kindern und all denen aufzunehmen, mit denen er noch etwas zu klären hatte, bevor er sich mit seinem Höheren Selbst an die Aufgabe machen konnte, zu schauen, ob und wohin er wieder inkarnieren wolle. Gustav konnte die erlösten Schwingungsanteile dieses Mannes sehen, die ehemals von Krieg und Kampf und davon überzeugt waren, dass die geistigen Helfer des Lichts nur Phantasie, Träumerei und nicht real sind. Nun denkt der Grossvater anders und meint:

„Wenn ich mein Leben nochmals leben könnte, würde ich vieles anders machen. Ich wäre zu Lebzeiten froh gewesen, wenn ich um die Möglichkeit gewusst hätte, dass es da etwas Höheres gibt, das mich führt und beschützt, das Hilfestellung gibt. Wenn ich gewusst hätte, dass ich um Hilfe bitten kann. Wenn ich erneut dieses Leben leben könnte, würden die Liebe und das Loslassen meine ‚Waffe' sein und nicht Krieg und Kampf meine Überzeugungen und Wahrheiten. Aber es ist gut so, das Leben, wie ich es gelebt hatte, denn es hatte einen Sinn. Jetzt, da ich im Licht bin, verstehe ich den Sinn meines Lebens. Ausserdem bin ich froh, endlich wieder meiner Mutter begegnet zu sein, die ich schon so früh verloren habe. Es lohnt sich, sich dem Licht und der Liebe zuzuwenden. Glaub mir. Auch du kannst es."

Mit diesen Worten entschwand der Grossvater des Kanals wieder in den Lichtbereich und Gustav hat nun Zeit, sich an seinen Lichtkern in sich zu erinnern und ihn zu finden. Ganz ungestört. Ein Kreis von Engeln ist um ihn, ihn zu beschützen, zu bewachen, wie sie es auch zuvor getan hatten, auch wenn er nicht daran glaubte.

In respektvollem Abstand, so, dass Gustav sich nicht eingeschränkt oder eingeengt fühlt, sind sie da. Sie sind für jeden da. Auch für euch. Jetzt soll mir nochmal jemand sagen, dass er einsam ist. Jetzt soll nochmal jemand sagen, dass er allein gelassen ist. Jetzt soll nochmal jemand sagen, dass sich keiner für ihn interessiert. Jetzt soll nochmal jemand sagen, dass ihn keiner versteht. Bin nicht ich einmal dieser Jemand gewesen? Hab nicht ich all dies behauptet, aus tiefster Überzeugung und im Selbstmitleid? Da, als ich mir vorgenommen hatte, mich selbst zu ertränken. Ich war so gefangen in meinen negativen Glaubenssätzen aus meinen Erfahrungen heraus und in einer so niederen Schwingung, dass gar nichts anderes zu mir in Resonanz hätte gehen können. Ihr könnt an eurer Schwingung arbeiten, auch wenn ihr lebt. Sogar viel besser denn als unerlöste Seele. Der Grossvater des Kanals konnte übrigens schon ins Licht, ich kann es nicht, weil da dieser Fluch ist, der Fluch von Martine. Da brauch ich meinen Kanal. Und besondere geistige Helfer des Lichts. Ich freue mich auf den 31.12.!

Nun möchte ich noch während Michael an seinen Aufzeichnungen arbeitet zu anderen Verbindungspunkten zwischen uns als der Trichterbrust schreiben:

Über die Geburt habe ich euch ja bereits berichtet. Wie meine Geburt zu seiner in Resonanz gegangen ist und was dies alles ausgelöst hatte. Ich erinnere mich noch an weitere Resonanzen, wie beispielsweise zum Ertrinken. Wenn Michaels System aus seinen niederen Körpern, und da muss nur EIN niederer Körper reagieren, in die Lage des möglichen Ertrinkens kam, bekam ich Panik und rotierte mit Leib und Seele. Da ich ja keinen Leib mehr habe, wirkte sich dies immerzu auf den Leib von Michael aus. Er wird sich wohl daran erinnern, als er einmal beinahe im Weiher ertrunken ist und als er einen kleinen Unfall in der Badewanne hatte. Genaueres müsst ihr nicht wissen, nur, dass Michael in den Situationen unnötig mehr Horror erlebte, als es notwendig und üblich gewesen wäre. Ohne mich an seinem physischen Leib wäre alles weniger tragisch im Empfinden ausgegangen.

Nun äussere ich mich doch noch zu einem Verbindungspunkt mit der Trichterbrust: einmal war er so verzweifelt, dass er sich Gewalt antun wollte, aus lauter Verzweiflung und Selbsthass wegen dieser Trichterbrust. Gerade als Michael Blödsinn machen wollte, hielt ich ihn mit Löwenkräften davon ab, etwas zu tun, was er wie ich damals schwer bereuen würde, weil es zu nichts führt. Michael würde sonst nicht hier sein und wir als unerlöste Seelen fest hängen und hoffen, dass unser

Höheres Selbst einen weiteren menschlichen Träger senden würde, uns befreien zu helfen. Durch Martines Fluch und, was ich vorhin vergass, meinen Vertrag mit dem Teufel, können wir hier gar nicht aus den niederen Ebenen weg, ohne besondere Hilfe der geistigen Welt des Lichts.

Wenn ich euch dann über meinen Gang ins Licht berichten werde, so denkt daran: wir sind alle miteinander verbunden und auch wenn ihr die anderen Energien nicht wahrnehmt oder hört, so nehmen sie euch wahr und hören euch, immer.

Wenn ihr das Buch lest und den Verdacht habt, eine unerlöste Seele an euch hängen zu haben oder auch „nur" unerlöste und abgespaltene Seelenanteile, so zögert nicht, in euer Herz zu gehen und einen freiwilligen und aufrichtigen Aufruf an euer Höheres Selbst zu vollziehen. Es wird euch hören, auch wenn ihr es nicht bei seinem spezifischen Namen nennen könnt, weil ihr diesen nicht kennt. Es wird euch auf der Bühne des Lebens arrangieren, dass euch diejenigen Personen, diejenigen Bücher, diejenigen Informationen und diejenigen Hilfestellungen zufallen werden (daher das Wort Zufall, es fällt euch zu, ist also nicht willkürlich, sondern sinnträchtig), so dass ihr eure unerlösten Anteile befreien oder befreien zu helfen vermögt.

Wenn ihr euch Sorgen macht, an die falschen Personen zu gelangen, weil viele Scharlatane und Betrüger wirken, so seid euch sicher: es gilt das Gesetz von Ursache und Wirkung und der Resonanzen. Das, was ihr erfahren und erleben sollt, wird so oder so geschehen, damit ihr wachsen und reifen könnt. Und wenn es eine wichtige Erfahrung für euch sein mag, an einen Betrüger oder Scharlatan zu gelangen, so wird es sich früher oder später eh in eurem Leben ereignen, ob euer Ego es will oder nicht, in die Wege leitet oder auch nicht.

Wenn ihr auf eure Intuition, auf euer Bauchgefühl hört, das jeder hat, auch die Männer – es ist nicht nur Frauensache, das sage ich euch als Mann, auch wenn ich meinem eigenen Geschlecht zugeneigt war – so seid ihr vom Höheren geführt. Euer Bauch, euer Herz wissen, wohin es geht. Der Verstand ist nur zu oft beeinflusst vom gekränkten – und vor allem beschränkten – Ego, eurem niederen Selbst. Lernt, euch von eurem Höheren führen zu lassen und wenn euer Ego zu stark und zu verstrickt ist, ihr euch von euch entfremdet und verloren habt, so bittet die Engel des Lichts, euch zu helfen, dass euer Ego transformiert wird. Transformation heisst Verwandlung und vor allem Erzengel Zadkiel mit der violetten Flamme, auch alle die Meister, die mit der violetten Flamme arbeiten, sind Ansprechpartner, aber nicht nur diese.

Sorgt dafür, dass ihr euch an die Engel und Meister des Lichts wendet, es gibt Hologramme des Dunklen, die denen der Lichthelfer ähneln und die zerstörerisch unterwegs sind: sie versuchen, das Vertrauen der Menschen zu den geistigen Helfern zu zerstören, zu sabotieren und zu verderben. Wie viele sind schon auf diese Scheinengel hereingefallen und wussten es nicht …

Das Ego zu transformieren heisst nicht, es aufzulösen, sondern zu harmonisieren, von all den niederen Energien, Einflüssen und Verstrickungen zu befreien sowie im gesamten Gefüge der niederen Körper einzureihen. Die Dunklen haben dafür gesorgt, dass sich das Ego mehr und mehr über den Rest eures Systems erhebt, denn dort haben sie den weitaus besten Einfluss für Ablenkung, Manipulation, Einschüchterung und Abhängigkeit(en).

Ein verletztes und gekränktes Ego ist ein gefundenes Fressen für gefallene Engel, so können sie einen Vertrag mit dem Teufel unterjubeln, dass das Ego dann – freien Willens, das ist der Schwachpunkt – unterzeichnet. Es gibt viele Romane und Filme zu diesem Thema, oft sinnbildlich, ihr könnt es ruhig ernst nehmen. Lest die versteckten Botschaften und Hinweise daraus und überlegt euch, ob und wann es an der Zeit ist, euch daraus zu befreien.

Ihr habt ein Recht darauf, unabhängige, ja sogar freie, selbstbestimmte, glückliche, aufrechte und multidimensionale Wesen zu sein, die über den Tellerrand schauen und wirken können. Ihr könnt und ihr dürft. Wer etwas anderes sagt, der lügt.

Eine eigene Persönlichkeit

Schweiz im Jahre 2013, 19. Dezember

Zwar hänge ich als Jacques an meinem menschlichen Träger Michael dran, doch bin ich eine eigene Persönlichkeit. Dass ich meinem eigenen Geschlecht zugetan war, bedeutet nicht, dass Michael es auch ist. Das ist wichtig. Eure unerlösten Seelen, die ihr mit euch tragt, sind eigene Persönlichkeiten.

Vielleicht fangt ihr an, den Aspekt der seelischen Erkrankungen zu verstehen, das sind unerlöste Seelen, die massiv um Hilfe rufen, aber von niemandem verstanden werden (können), nicht einmal von ihrem Träger selbst. Woher denn auch? Woher denn bitte sehr? Medikamente mögen zwar etwas unterdrücken, doch gelöst ist es nicht. Die unerlösten Seelen sind bei denen so massiv, die das getan haben, was Michael beinahe vollführt hätte: sich mit einer unerlösten Seele im Anhang auch wieder das Leben nehmen. Sie sind dann massiv im Zugzwang, denn ihr Licht in ihnen drängt zum Licht und es ist ihnen unerträglich, unerlöst zu sein und festzuhängen.

Wenn ein seelisch Erkrankter stirbt, bekommt er keine Medikamente mehr. Dann geht sein Schlamassel erst so richtig furchtbar los. Das sind dann die Poltergeister, die es tatsächlich gibt, die in Verbindung mit dem Dunklen noch eine gewaltige Macht über die Materie bekommen. Habt keine Angst oder Sorge, ihr habt eure Schutzengel und diese wachen gut. Es gibt Lichtarbeiter in Menschenform und auch feinstofflich, die sich um solche Themen kümmern, wie mein Kanal Marija. Vertraut ihnen, sie wissen, was sie tun.

Konzentriert euch lieber auf euch selbst, euren Weg, eure Entwicklung, eure Möglichkeiten, euren Plan. Das ist mein Rat, wenn ich denn einen Rat geben darf, wenn nicht, so habe ich eben nichts gesagt.

Das liebe Ego

Schweiz im Jahre 2013, 21. Dezember

Unsere Einstellung ist Dreh- und Wendepunkt in Kombination mit unserem freien Willen, zu wachsen, oder eben stehen zu bleiben. Als ich mir mein Leben genommen hatte und ganz fest davon überzeugt war, ungewollt, ungeliebt, unbeachtet, verraten und verlassen zu sein, dass sich niemand für mich interessierte, mich niemand vermisste, kamen sie, die Handlanger des Dunklen, die gefallenen dunklen Engel. Ich habe es schon erwähnt, dass ich einen Vertrag mit dem Teufel „unterzeichnete". Wir können auch ohne Stift und Papier unterzeichnen, indem wir uns verbindlich innerlich einer Zustimmung hingeben.

Mein Schwachpunkt war mein beschränktes und vor allem gekränktes Ego, mein niederes Selbst, dass sich verleiten liess, in seiner Verletzung und Beschränkung verbindlich und – man stelle sich vor – ewig während zuzustimmen, gewisse Einstellungen zu haben, die auch Einfluss auf Wahrnehmung, Empfinden, Entscheidungen und rückwirkend mit allem Zinseszins leider auch auf unseren freien Willen einwirken. Das Ziel der Dunklen ist es, letztendlich den freien Willen zu knacken. Viel früher versuchten es die Dunklen mit Einschüchterung und Gewalt, wie bei einem Pferd, das man gewaltsam zähmt, indem man ihm seinen Willen bricht. Schaut niemals solch einem Pferd in die Augen, ihr werdet dort keine Seele mehr vorfinden, sondern nur Traurigkeit und Leere. So ist es auch beim Menschen.

Nachdem sich das gesamte Kollektiv der Menschheit weiterentwickelt hatte und emporgestiegen war, sodass die Einschüchterung und Gewalt bei der Mehrheit der Menschen (ausser den jungen Seelen, das ist eine andere und eigene Geschichte) nicht mehr griff oder zog, überlegten sich die Dunklen eine andere Strategie, den Menschen freien Willens dazu zu bringen, sich vom Licht abzuwenden, sich klein zu machen und klein halten zu lassen, das Bewusstsein zu vernebeln oder zu blockieren und den Menschen auf gewisse Weise zu versklaven und von seiner gesunden Kraft und Macht abzuhalten oder wieder davon weg zu lotsen.

Von einer Facette der Versklavung habe ich euch ja schon berichtet: „Bequemlichkeit ist ein lähmender ‚Zauber', der uns versklaven soll." Nun wisst ihr, woher die Energie namens Bequemlichkeit herkommt. Sicher nicht vom Licht, vom Höheren, sondern vom Dunklen. Bequemlichkeit ist jedoch nicht zu verwechseln mit gesunder Einstellung zu Ruhe und Erholung, die sich jeder gönnen sollte. Bequemlichkeit resultiert und erwächst im Inneren und zeigt sich dann oftmals auch im Physischen, solche Menschen kennt ihr sicher, die sich nicht einmal bücken wollen, um etwas aufzuheben – dies ist eine der möglichen Ausartungen der Bequemlichkeit im Physischen – im feinstofflichen Bereich bedeutet die Bequemlichkeit, keine Notwendigkeit zu sehen, an sich zu arbeiten. Es gibt noch zahlreiche weitere Facetten von feinstofflicher (mentaler und emotionaler) und von physischer Bequemlichkeit. Diese Menschen stocken, sind nicht im Lebensfluss, nicht angebunden und so niemals in ihrer Kraft. Viele haben schon vergessen, wie es war, in der Kraft zu sein.

Kennt ihr die Erwachsenen, die sich wegen der Quirligkeit der Kinder nerven? Diese Kinder sind angebunden und im Fluss, in ihrer Kraft, die erwähnten Erwachsenen eingefroren in ihrer Bequemlichkeit, die alles Lebendige als störend oder ablenkend oder sogar anstössig empfindet.

Aber zurück zur Einstellung: überprüft unbedingt eure Einstellungen! Überprüft eure jetzigen Glaubenssätze, denn Glaube ist extrem stark und damit meine ich nicht Glaubensrichtungen. Das ist ein anderes und weiteres Thema, auf das ich jetzt nicht eingehe. Wie viele Einstellungen sind Auslöser dafür, dass Menschen an sich vorbeileben, Verbindungen und Beziehungen zerbrechen, Krankheit und Siechtum sich einstellen können, auch der Siechtum des Geistes und der Gefühle, nicht nur des physischen Körpers? Ja, und wie viele Einstellungen haben bewirkt, dass Menschen in negative Denk- und Gefühlsmuster verfallen oder zurückfallen, obwohl sich ihr Kern in ihnen davon befreien wollen würde?

Euer grösster Feind, das sag ich nochmals, seid ihr selbst, denn ihr entscheidet euch freien Willens in eurem Inneren für eure Einstellungen. Diese können euch dazu verleiten, dass es soweit kommt wie bei mir: erst habe ich mich isoliert, während ich lebte, dann, nachdem ich gestorben war. Nichts sollte zu mir durchdringen können, wenn es nach den dunklen Engeln gegangen wäre. Doch mein Licht in mir, mein Kern, mein Seelenplan waren und sind stärker als jeder Vertrag, der unter solch Umständen abgeschlossen wurde, wie ich es vollbrachte, mit dem Teufel. Auf immer und ewig. Das klingt nach Sackgasse, ist es aber nicht. Immer und ewig sind an Zeit gebunden, weil es Elemente der Zeit sind. Die universalen Gesetze wirken jedoch jenseits von Zeit und Raum und wer sich ihnen zuwendet, wird erleichtert und befreit, vielleicht auch dankbar, feststellen, dass es keine Sackgassen gibt, sondern unendlich viele Möglichkeiten, zu handeln, sich zu befreien, zu wachsen, zu heilen und was sonst noch damit einhergeht. Die Dunklen achten sehr darauf, dass ihr nicht zu dieser Erkenntnis kommt oder besser gesagt nicht zu dieser Erkenntnis kommen wollt.

Euer Ego – wie auch meines – ist so manipulierbar, das glaubt ihr nicht. Ihr habt sicher bemerkt, dass ich trotz meines unerlösten Seelendaseins gewachsen und gereift bin, ihr merkt es an meiner Wortwahl und Ausdrucksweise, meinem Horizont. Mein Lichtkern hat dafür gesorgt, dass dies geschehen kann und am 31.12. werde ich bewusst ins Licht gehen, mit Hilfestellung wegen des Fluchs und des Vertrages. Da brauche ich meinen Kanal, weil Michael und auch andere Personen drin verwickelt sind, sonst hätte ich es mit den geistigen Helfern des Lichts schon selbst vollbracht.

Zudem möchte ich auf diese Weise Michael eine Möglichkeit geben, in seinem Bewusstsein aufzusteigen, zu wachsen, sich zu befreien und bewusst dem Licht, seinem Licht, zuwenden zu können und zu wollen. So kann ich etwas an Michael zurückgeben, wir sind alle miteinander verbunden und füreinander da, so auch ich für ihn, wenn er es denn annehmen mag.

Noch einige Worte zur Arbeit von Mireille und meinem Kanal. Beide arbeiten unter Führung und Schutz von etwas Höherem und im Sinne zum höchsten Wohle für alle Beteiligten. Es wäre fatal, wenn sie aus dem Ego heraus arbeiten würden. Als unerlöste Seele kann ich vieles beobachten. Mir ist aufgefallen, dass ein ganz spezieller Mensch segnend unterwegs ist. Ihm ist nicht bewusst, dass er für die Dunklen arbeitet und es geht ihm so wie Gustav, der auch nur im Ego war und aus dem Ego heraus gedacht, geplant, gefühlt und gehandelt hat.

Der spezielle Mensch, von dem ich erzähle, ist jemand, der auch aus dem Ego heraus lebt und meint, den Mitmenschen Gutes tun zu wollen. So hat er ein Restaurant gesegnet. Ich bin ganz nah am Geschehen und kann beobachten, was passiert. Gern will ich es euch berichten. Der Chef und die Mitarbeiter des Betriebs sind ganz darauf ausgerichtet, dass das Restaurant gut läuft und jeder gibt seinen bestmöglichen Einsatz. Jeder geht auch mit seinen ganzen unerlösten Themen und Resonanzen an die Arbeit und ist so durchlässig und manipulierbar, blockiert und in der Sichtweise eingeschränkt, so dass der Segen, der für das Geschäft ist, auslöst, dass sich die Mitarbeiter sogar aufopfern, über ihre Grenzen gehen bis zur Verausgabung.

Der Segen für das Geschäft ist wie ein Bann, eigentlich ein Fluch, denn diese Energie setzt alles daran, dass das Restaurant sehr gut läuft. Es ist ja nur das Gesetz von Ursache und Wirkung und was beim Universum bestellt wird, wird – früher oder später – geliefert. Wenn der spezielle Mensch, der den Betrieb gesegnet hatte, im Sinne des höchsten Wohles aller Beteiligten gesegnet hätte, so wäre es eine andere Ausrichtung und hätte einen anderen Hintergrund. Das Restaurant würde gut laufen, ohne dass es „Opfer" gibt, die sich dafür aufreiben. Zudem wäre das Bewusstsein da, auch beim Chef, dass es natürlich ist, dass es Schwankungen gibt und geben darf, was den Erfolg betrifft. Im Jahr ist ja auch nicht immer Sommer, sondern es schwankt zwischen Frühling,

Sommer, Herbst und Winter. Ist es deswegen ein unrentables Jahr für das ganze Jahr, weil nicht immer Sommer ist? Die anderen Jahreszeiten braucht das Jahr natürlicherweise doch auch, oder?

Der Segen bzw. Fluch, dass das Restaurant gut läuft, wirkt sehr stark als Energie, die unnachgiebig und fordernd ihr Ziel ansteuert, dafür sogar über Leichen gehen würde. Wenn der Chef und die Mitarbeiter sich gut beobachten würden, würden sie merken, dass sie oft unter Fremdeinwirkung denken, fühlen und handeln, auch entscheiden. Sie hängen in diesen Energiestrom dieses „Segens" ein und funktionieren danach, ihr ganzes Körper-System ist darauf ausgerichtet. Sie würden merken, dass sie sich von sich entfernen oder entfernt haben, wenn sie sich beobachten würden. Ihre unerlösten Themen und Resonanzen tragen dazu bei, dass alle dieses „Spiel" mitspielen.

Dreimal dürft ihr raten, wer wohl dahinter steckt: der Teufel. Dabei hat er gar nicht so viel machen müssen, nur die Schwachpunkte aller Beteiligten finden und dort ansetzen, wo die Kombination von freiem Willen, Glaubenssätzen und Einstellung aller Personen ihre Wirkung erhält und dann auch entfaltet.

Habt ihr euch schon einmal gefragt, was der Name „Teufel" bedeutet? Es ist ein dunkler Erzengel, der gefallen ist, in die Tiefe (Teuf). Die Endung „el" ist ein Hinweis auf die Erzengel, ihr kennt sicher Raphael, Michael, Gabriel, das sind Erzengel, die für das Licht arbeiten; es gibt noch sehr viel mehr Erzengel und auch andere Engel …

So wie der spezielle Mensch in der Überzeugung, Gutes zu tun, seine Machenschaften in Gang setzt, so achtet auch darauf, wenn ich es sagen darf, was ihr wünscht und aus welcher Perspektive heraus. Das, was sich das Ego wünscht, ist nicht unbedingt immer das, was uns zuträglich ist. Es gibt vielleicht noch etwas viel Besseres. Es ist empfehlenswert, sich dem Höheren anzuvertrauen und zu wünschen, was für alle Beteiligten zum höchsten Wohle ist. So schliesst ihr aus, etwas noch Besseres zu verpassen und auch, und das ist wichtig, euch nicht aus den Erfahrungen herauszunehmen, die für euer Wachstum wichtig sind, auch wenn sie unangenehm oder schmerzvoll sind. Und da wir vorher beim Segen waren: schmerzvolle und unangenehme Erfahrungen haben alle einen versteckten Segen, ihr werdet ihn früher oder später erkennen.

Noch etwas zu dem Punkt, wenn ihr euch an das Höhere wendet, um Hilfe zu bekommen und weil ihr an euch arbeiten wollt. Auf der Erde ist ein Schwingungsbereich in der Materie, der seine Zeit braucht, um feinstoffliche „Bestellungen" und gesunde Mechanismen, die eurer Entfaltung dienen sollen, in Gang zu setzen. Die Ungeduld verstellt den Blick sehr oft, dass schon etwas Wunderbares in Gang gesetzt wurde und viele meinen, es würde sich nichts tun. Zudem ist es wichtig, kontinuierlich seine Arbeit mit dem Höheren zu vollführen, damit das Universum auch merkt, dass eure „Bestellungen" nach Reinigung, auch Heilung, oder Transformation, Erlösung, Loslösung etc. auch ernst gemeint sind.

Vertraut dem Netzwerk und den Verknüpfungen, die in Gang gesetzt werden und Zeit brauchen und zwischen eurem gesamten Körpersystem, der Umgebung und der ganzen „Bühne" Leben mit all ihren „Requisiten" und „Darstellern" ihre Wirkung zu entfalten, zu arrangieren usw. Ich kann oft beobachten, dass Menschen ganz euphorisch mit ihrer geistigen Arbeit und Übungen beginnen, erst mal so schnell keinen sogenannten Effekt sehen und dann alles wieder schleifen lassen oder sich abwenden, weil sie es als wirkungslos erachten. Fatal und schade, sehr schade!

Auslöser dafür ist der Gegenspieler, unser gefallener dunkler Erzengel, der sich mit Hilfe niederer Energien sogar zum Fürsten emporgearbeitet hat. Dieser sorgt dafür, eure Wahrnehmung, einem sehr grossen Angriffs- und Schwachpunkt von euch, zu verändern, zu blockieren, abzutrennen, abzustumpfen und was es auch immer für Varianten geben mag, den Menschen von sich und seiner gesunden Kraft weg zu lotsen. Und der Mensch fällt – natürlich freien Willens – auf die Maschen herein. Es sind Maschen von Verlockungen und Versuchungen, anders, als bisher erklärt wurde, ich will nicht missverstanden werden, was bei Worten – vor allem schriftlichen mit ihrer Interpretationsbandbreite – sehr schnell der Fall sein kann. Mit Verführung und Verlockung meine ich, dass der Mensch bei seiner Neugier und Abenteuerlust gepackt wird.

Als ich lebte, gab es diese sogenannte Technik gar nicht, Multimedia und so weiter. Ich kann euch beobachten, was es mit euch macht. Es sollte euch dienlich sein, nicht euer Herr und Meister. Ich kann Menschen beobachten, die sich fasziniert so sehr in dieser Multimediawelt und Spielen verlieren, ihre Wahrnehmung abstumpfen lassen, weil es derart viele Effekte gibt, die die ursprüngliche Wahrnehmung und das Feingespür zudecken, so sehr, dass der physische Körper sogar darauf reagiert, mit einem dröhnenden Kopf beispielsweise. Zudem werden alle Körper überstimuliert und gewöhnen sich an diesen Überreiz als Standard, sodass der Mensch die normalen Reize nicht mehr wahrnehmen kann oder diese unnatürlicher Weise plötzlich als langweilig empfindet.

Wie viele Menschen nehmen die Naturgeister, Feen, Elfen nicht mehr wahr, weil sie abgestumpft sind in der Wahrnehmung, überreizt. Sie können diese feinen Schwingungsbereiche gar nicht mehr spüren, brauchen diese Naturenergien aber für ihr Wohlbefinden, ob sie es nun wahrnehmen, oder nicht. Wenn der Mensch aber die Naturenergien nicht mehr wahrnimmt, sieht er oft die Notwendigkeit nicht, die Naturgeister zu schützen. Sie sitzen in Büschen, Bäumen, Wiesen – aber nicht den gepflegten, gedüngten, gespritzten sowie gestutzten – und sorgen mit ihrer Energie für das Wohlgefühl der Menschen, die sie auch durch Hauswände hindurch spüren könnten, weil wir alle miteinander verbunden und vernetzt sind. Der Mensch spürt die Naturgeister aber nicht mehr wegen erwähnter Veränderung und Abänderung der Wahrnehmung.

Die Multimedia sind auch Auslöser dafür, dass die Ungeduld des Menschen genährt wird. Viele Filme und Spiele sind so effektbeladen und so rasant, es ist das Rasante, das sich beim Menschen einspeichert und die Überzeugung nährt, es wäre natürlich und ihr Recht, dass alles im Leben rasant geht. Die Entwicklung und Arbeit an sich soll aus ihrer Sicht auch rasant gehen, weil sie sonst nicht gefruchtet hat. Das, was beim Menschen als normal abgespeichert ist, dass alles so sehr rasant sein muss, ist eigentlich das Unnatürlichste, was ihr euch vorstellen könnt. Ich beobachte, dass das Rasante in sehr vielen Lebensbereichen Einzug gehalten hat, nicht nur im sogenannten „Fast Food", das eigentlich „Rasant Food" heissen müsste.

Zurück zu den Multimedia: dienlich ist es, dass sie vernetzen. Vordergründig betrachtet, ja … unsinnigerweise blockieren sie aber die natürliche Vernetzung über eure Wahrnehmungsbereiche bis hin zur Telepathie. Das ist euer Geburtsrecht, liebe Leserinnen und Leser und ihr spürt, dass Vernetzung gut ist und hinterfragt die künstliche Form der Vernetzung nicht oder nicht mehr. Aber die Vernetzung über Multimedia bewirkt oft das Gegenteil: soziale Isolation und Abschottung vieler, Abstumpfung und der Verfall zu Süchten in Zusammenhang mit Technik, Elektronik und Co.

Der Mensch ist innerlich zu schwach, um angemessen mit diesen Werkzeugen, die Diener sein sollten, umzugehen. Oft erheben sie sich zu blockierenden, manipulativen und von Wesentlichem ablenkenden Herren und Meistern. Zu den Garanten für Wohlgefühl. Das Wohlgefühl der wunderbaren und hingebungsvollen Naturgeister beispielsweise ist gratis und ohne Nebenwirkungen, ohne Kleingedrucktes. Im Vertrag mit dem Teufel gibt es immer Kleingedrucktes, denn er will ja seinen Zins und Zinseszins, seinen Vorteil für seine Ziele und Zwecke. Und diese haben sicherlich nichts mit dem Wohl für alle zu tun, das könnt ihr mir glauben.

Ich frage euch: für wie viele sind der sogenannte Computer und das Handy Gurus, Herrn, Meister? Sogar unverzichtbar? Und für wie viele sind Naturgeister unabkömmlich? Wenn diese Naturgeister verschwinden und der leere und kalte Beton Einzug hält, fühlen sich die Menschen unwohl, wissen aber nicht, warum und woran es liegt. Eigentlich könnten sie, wenn sie verbunden und im Bewusstsein wären, wissen, woran es liegt und erkennen, dass das Wohlgefühl mit den Naturgeistern zu tun hatte. Menschen in solch einem Bewusstsein kommen aber gar nicht in die Lage, im Beton leben zu wollen.

Aber nun wieder zurück zu euch Leserinnen und Lesern: einige Menschen sind leider schon so isoliert in sich, blockiert und abgestumpft, begnügen und befrieden sich mit den Ersatzenergien des Dunklen, Energien, die für Wohlgefühl sorgen, euch aber in Abhängigkeit bringen und Bedingungen auferlegen, so sehr, dass sie sich sogar inmitten kalter, leerer und grauer Betonklötze gut fühlen. Da ist ganz viel verschüttet gegangen und weil es so bequem ist, wollen diese Menschen auch ja nicht aus ihrem „Dornröschenschlaf der Stumpfheit" aufgeweckt werden. Wehe da kommt jemand und erzählt etwas von höherem Bewusstsein und Arbeit an sich selbst. Das sind dann Scharlatane für sie, obwohl dem nicht so ist.

Der Gang ins Licht

Schweiz im Jahre 2014, 2. Januar

Ja, nun ist es soweit, Ich melde mich aus dem Bereich des Lichts, in den ich gegangen bin. So werde ich euch nun beschreiben, wie ich meine letzten Momente erlebt hatte, an jenem 31.12.2013. Schon die Zahl ist laut Numerologie sehr bedeutungsträchtig: in der Quersumme ergibt sich die Zahl 13, eine karmische Zahl. Für mich bedeutete es in sogar sehr positivem Sinne, dass etwas natürlicherweise zu Ende gehen darf. Die 13 ist der Tod, das natürliche Ende, im Gegensatz zum willkürlichen Ende, wie ich es einst tat, als ich ganz unnatürlich meinem wertvollen Leben ein Ende bereitete. Was sich in der Sitzung vom 31.12. herauskristallisierte, war mein unerlöster Anteil Bernhard, den ich bei mir trug. Dieser war deshalb unerlöst, weil ihm einst auf unnatürlicher Weise das Leben genommen wurde. Er musste Qualen bezüglich Folter erleiden. Wie sich auch herausstellte, sollten die anderen Beteiligten auch mit dem Themenkreis zu tun haben. So, aber nun von vorn.

Mein Kanal sorgte an diesem Tag für einen sicheren geführten und geschützten Rahmen. Kurz zuvor vollendete Michael seine letzten Aufzeichnungen zur Trichterbrust, die wir an der betreffenden Stelle im Buch einfügten. Michael verarbeitete so auf seine Weise alles rund um die Trichterbrust, die er in dem Leben auswählte, damit ich einen Signifikator hatte, um endlich erkannt zu werden und Hilfestellung zu bekommen.

Wenn ihr Michaels Zeilen lest, werdet ihr merken, dass es eigentlich um mein Leid, mein Leben und meine Einstellung und Verzweiflung geht. Ganz besonders merkt ihr es an der Stelle, wo er schreibt, dass die Mädchen- und Frauenwelt sich nicht an der Trichterbrust störte, Michael aber doch der felsenfesten Überzeugung war, dass ihn diese negativ beeinträchtigen und seine Verbindungen zu Mädchen und Frauen stören oder sogar zerstören würde. Da wirkte sich besonders Martines Fluch aus, der in geballter Energie die Kommentare von Michaels Gleichaltrigen in der Schule unter der Dusche in sein Herz und seine Seele fressen liessen. Die Sprüche hätten ja auch an ihm vorbeiziehen können, was aber nicht der Fall war. Weitere Parallelen könnt ihr selbst finden zwischen Michaels Leid, das eigentlich meines ist, und meiner spezifischen Schwere mit diesem Thema.

Zu Beginn der Sitzung löste ich mich, der ich ein Leben lang Schatten war, endgültig aus Michaels System seiner niederen Körper und begegnete ihm von Angesicht zu Angesicht. Ich berichte euch aus meiner Perspektive. Es war ein sehr aufwühlender Moment, denn nun konnte ich mich nicht mehr im Hintergrund verstecken. Noch nie stand ich gern im Mittelpunkt, nun aber war es soweit. Diesem hübschen, jung gebliebenen Mann mit den wunderbaren breiten Schultern, die ich nie hatte, in die Augen zu schauen, die noch viel wunderbarer waren, als ihr euch vorstellen könnt, weil ihr Erzengel Michaels Licht darin sehen könnt, sofern er es nicht versteckt, erfüllte mich einerseits mit Freude und Stolz, denn es war ja auch mein Körper, irgendwie, aber auch mit Scham. Scham, diesem Mann sein bisheriges Leben lang so sehr viel Schmerz zugefügt zu haben aber auch Stolz, ihn davor bewahrt zu haben, sich das Leben zu nehmen. Da hatte ich etwas dazugelernt und etwas gutmachen können. Mein Schutzengel trat in diesem bewegenden Moment, als ich Michael gegenüberstand, neben mich und strahlte uns beide an. *„Warum fühlst du Scham?"*, fragte er mich nachdrücklich. *„Weil ich ... weil ich Michael so viel zugemutet hatte"*, antwortete ich zögernd. *„Kennst du das Gesetz des freien Willens, das im Universum oberstes Gebot ist?"*, fragte mich mein Engel weiter. *„Ja, wir sprachen schon mehrfach darüber und ich machte mir schon sehr viele Gedanken darüber"*, erwiderte ich nachdenklich.

Und dann fiel es mir wie Schuppen von den Augen: Michael hatte zugestimmt, diese Bürde mitzutragen, damit ich erlöst sein könnte, was sich wiederum positiv auf ihn auswirken kann. Zudem bestand nun für Michael eine gute Gelegenheit, in diesem Leben zu lernen, mit physischen Unvollkommenheiten umgehen zu lernen. Hatte er sich doch sehr in Äusserlichkeiten verloren und darüber definiert, weil sein verletzliches Inneres auf eine Art abgetötet wurde, durch den Schmerz der Scheidung seiner Eltern mitsamt allen damit einhergehenden Folgen, so dass er sich nicht mehr wie als Kind über sein Licht und seine Feinfühligkeit und Wahrnehmung feiner Schwingungen definierte, sondern nur noch über seinen Körper, seine Leistungen und seinen Status. Er wählte seine Statussymbole auf verschiedenen Ebenen, welche, weiss Michael selbst.

Als mir klar war, dass ich keine Scham zu fühlen brauchte, fiel mir ein ganzer Felsbrocken vom Herzen. Ich begriff, dass auch die Angelegenheiten in meinem Leben als Jacques derart arrangiert waren, dass alle Beteiligten die Chance hatten, aneinander zu wachsen und zu reifen. Wie oft verstricken wir uns, geben wir es doch zu, in niederen

Energien wie Schulddenken und Schamgefühl, statt den versteckten Segen und die verborgenen Lektionen darin zu lesen? Das Universum ist sehr korrekt und gerecht, daher brauchen wir uns keine Gedanken zu machen, ob der Auslöser der Schuld seine „Rechnung begleichen muss". Darauf könnt ihr euch verlassen, mit Zins und Zinseszins.

Es ist oft schwer nachzuvollziehen, welche Konsequenz im Leben, die sich durch äussere Umstände und Vorfälle auf unserer Bühne Leben spiegelt, welchen Auslöser hatte. Meine Überzeugung ist, dass ich alles, was ich ausgelöst hatte, wie einen Bumerang zu mir zurück resonanziert (ja, ich weiss, meine Neologismen) hatte. Die wenigsten Menschen haben die Kunst gelernt, die Ursache einer Auswirkung definieren und nachvollziehen zu können. In der heutigen Zeit des sogenannten „Blitz-Karma" fällt es jedoch leichter, weil sich oft das, was wir in diesem Leben auslösen, auch wieder in diesem Leben zeigt. Zuvor ging es über mehrere Leben und wir trugen die Früchte, auch die fauligen, in späteren Leben aus. Was ich damit sagen wollte, ist die Tatsache, dass sich mein Bewusstsein hinsichtlich Ursache und Wirkung, Schuld, Scham und allen weiteren niederen Energien, die uns davon abhalten wollen, zu wachsen (aber genau das Gegenteil erreichen) erheblich verändert und mir Leichtigkeit und Freude gebracht hat.

Die darauf folgende Vergebungsarbeit in der Sitzung brachte noch die restliche Befreiungsenergie hervor, die noch fehlte, um die Ketten, die sich an meinen Füssen und an meinem Herzen befanden und mich mit der Erde und anderen unerlösten Seelen und Themen verbanden, zu lösen.

Geistige Helfer des Lichts, die individuell für diese Sitzung zusammengestellt und von etwas Höherem gewählt und geführt waren, um uns alle Beteiligten optimal zu unterstützen, waren erschienen und wirkten mit und durch uns. Sie wirkten als Helfer zur Selbsthilfe, denn die Vergebungsenergie in unseren Herzen zu erzeugen und freizugeben, fliessen zu lassen, war unser Part. Ich kann euch sagen, dass wir sechs Beteiligten an dieser Sitzung keinesfalls irgendwelche schwachen Naivlinge sind, die blauäugig ihr Gegenüber aus der wohlverdienten selbst erzeugten Schuld entlassen. Darum geht es nicht, vergeben heisst nicht vergessen oder gutheissen, sondern ist ein Bewusstseinsakt, sich und das oder die Gegenüber aus den Verstrickungen der „Goldwääglerei", die unser Ego vollbringt und uns immer tiefer verstrickt mit uns und den anderen, zu befreien.

Denn frei sein wollen wir doch alle, oder? Fehler machen wir doch auch alle, oder? Wir können daran wachsen und daraus lernen. Und meine Erfahrung und mittlerweile auch Überzeugung ist, dass mein Schutzengel genau gewacht hat, dass ich nur die Erfahrungen und Erlebnisse durchgehe, die auf meinem Seelenplan verzeichnet sind, meine Vereinbarungen mit dem Licht, den Menschen und der Welt, die manchmal auch schmerzvoll und unerträglich waren und die ich damals nicht verstand und auch nicht verstehen wollte, weil ich sonst keinen Grund mehr gehabt hätte, mich selbst zu bemitleiden. Doch genau das brauchte ich, das Selbstmitleid und es braucht sich niemand dieser Phase zu schämen. Sie ist wichtig im Kokon unserer Verpuppung, bis wir bereit sind, auszusteigen, die Flügel auszubreiten und loszufliegen, weil wir dann erkennen, dass unser Kern in Wahrheit unsterblich, rein, heil und frei ist.

Mein Astralkörper hat sich in der Zeit des unerlösten Daseins über Jahrhunderte verändert. Ich bin innerlich gewachsen und gereift und während ich lange noch als Wasserleiche erschien, dem energetischen Zustand meiner inneren Hölle, in der ich so lang festhing, meiner selbst erzeugten Isolation und Festung, so ähnle ich jetzt mittlerweile dem jungen, glücklichen Jacques, der noch in der Verliebtheit mit Pierre schwelgt.

Meine Energie ist die Verliebtheit in die Chance, mich zu befreien, zu erlösen und ins Licht zu gehen. Während ich zuerst das Licht hasste, mich verlassen, verraten und verkauft fühlte, das Licht sogar für vieles verantwortlich machte, für viel Leid und Kummer, so bin ich nun verliebt in genau dieses Licht. Ich habe es schon um Vergebung gebeten, weil ich ihm so Unrecht getan hatte und diese Vergebung bekommen. Es tut wohl, Vergebung zu bekommen. Und so freue ich mich, zu spüren, in dieser Sitzung, wie wohl es den anderen Beteiligten tut, meine Vergebung zu bekommen. Martine war da, Pierre, die mich beide um Vergebung baten. Wie da die Liebe hin und her floss, als ich ihnen vergab!

Pierre geht es nun gut und er wird bei seinem menschlichen Träger bleiben, bis dieser selbst ins Licht geht und mit ihm dann in den friedlichen Bereich einkehren. Pierre ist auch in diesem Leben eine dem Michael nahestehende Person. Er weiss, welche und so genau wollen wir es nicht preisgeben. Auch mit Martine verhält es sich so und obwohl die menschlichen Träger von Pierre und Martine nicht in dieser Sitzung anwesend sind, gelingt die Arbeit, weil ihre höheren Anteile anwesend sind, die um alles wissen und Zugriffsrechte sowie den Überblick über alles wahren.

Martine geht es nun nach der Vergebungsarbeit nicht ganz so gut wie Pierre, ihr Fluch ist auf sie selbst zurückgeworfen worden und hat sie beinahe erstickt. Doch sie weiss, wo sie sich Hilfestellung holen kann, geht ihren eigenen Reifungsprozess weiter und wird bei Zeiten frei sein davon.

Was meine Person angeht, bin ich nicht mehr vom Fluch tangiert. Zudem habe ich mich aus meinem Vertrag mit dem Teufel gelöst. Es geschah wirklich und endlich durch meine Einstellungs- und Wahrnehmungsänderung, eine Richtigstellung. Alle Beteiligten durften vielschichtige und tiefere Zusammenhänge erfahren, die zu intim sind, als dass wir sie hier niederschreiben wollen. Dies tut eurem Verständnis keinen Abbruch, liebe Leserinnen und Leser.

Noch eine Bemerkung zu Pierre: erinnert ihr euch an die Zeilen, als Pierre mit der Nachricht meines Verscheidens in der Verzweiflung festhing, keine Chance mehr für Klärung und Vergebung sowie Bereinigung zu haben, nie mehr die Möglichkeit, mit mir in Verbindung zu treten? Dies dürfte jetzt wohl revidiert und die Erkenntnis da sein, dass die Arbeit im Rahmen des universellen Bewusstseins und seiner Gesetze zeitlos und jenseits von Raum ist, es keine Sackgassen gibt. Pierres Sackgasse ist aufgelöst und die gegenseitige Vergebungsarbeit, auch er hat mir vergeben, hat seine so wohltuende und befreiende Wirkung entfaltet.

Als ich dann beschloss, ins Licht zu gehen, so wollte ich, anders als zuvor, nicht abrupt und übereilt, sondern gemächlich und langsam ins Licht gehen. Ein starker Erzengel begleitete mich und Gustav, der sich an seiner anderen Seite einhakte, ins Licht. Langsam, ganz langsam stiegen wir auf und bestaunten die Erde von oben, die Feuerwerke im Inneren und im Äusseren der Menschen. Ich spürte nur Erleichterung und Frieden, Liebe, die mich mit all den Menschen verband, nicht nur mit denen, wo ich Vergebungsarbeit und Klärung leisten durfte. Eine Verbundenheit zur Menschheit begleitete mich und die Gewissheit, dass ich bei Weitem nicht mehr der unbedeutende, gekränkte, schwache und grausige Jacques bin, sondern eine Persönlichkeit, die mit viel Liebe und Mut wagte, einen grossen Schritt zu vollführen: den Schritt, sich vor einer Leserschaft zu offenbaren, zu entblössen, um vielleicht Hilfestellung zu sein für so manchen. Es liegt an euch. Jede einzelne Person hat die Macht, die Kraft und die Möglichkeit, auszusteigen und aufzusteigen zu dem, was euer Geburtsrecht ist: freie, glückliche, friedvolle Menschen, die nicht mehr Tier, sondern wieder ganz Mensch sein wollen.

An dieser Stelle möchte ich noch etwas erklären, damit es keine Missverständnisse gibt, was den Begriff des „Tiers" betrifft. Es ist nicht zu verwechseln mit den Tieren, das meine ich nicht. Mit Tier meine ich die Bestie, den Dämon, der dem Teufel dient. Ich bin ihm begegnet, als Jaques, der Bettler, mich beinahe erwürgte: dieser Dämon übermannte Jaques und veranlasste ihn dazu, sich selbst, sein Licht, seine Werte und die Moral zu vergessen. Es ist nicht nur die Gier nach Geld und Gold, die eine Verbindungsstelle zu diesem Dämon bedeutet, seid achtsam, in welchen Lebensbereichen er noch Schnittstellen findet, um Menschen zu übermannen, Menschen, die eine gewisse Resonanz zum Tier innehaben oder sich aus anderen Gründen in ihrem ganz eigenen Dunkel befinden. Wenn ihr übrigens schon jemandem begegnet seid, der behauptet, dass Tiere keine Seele haben, so ist diese Person auf die Täuschungen und Verdrehungen der Dunklen hereingefallen, diese Scheinengel, von denen ich euch erzählt habe. Klar hat das Tier keine Seele, und zwar der eben erwähnte Dämon. Die Tiere jedoch haben sehr wohl eine Seele! So verdrehen die Dunklen einzelne Worte, Zusammenhänge sowie Gedanken und es gibt Menschen, die darauf hereinfallen. Der Mensch, von dem ich berichtete, der das Restaurant gesegnet hat, verteidigt genau diesen Glaubenssatz, den verdrehten und verkehrten: dass Tiere keine Seele haben.

Erinnert ihr euch auch daran, dass mich die Dunklen drängten, den Vertrag zu unterzeichnen, ich hätte keine Zeit zu überlegen? Das ist auch ein klares Zeichen des Dunklen. Denkt immer daran, das Licht arbeitet ohne Druck und Zwang und jeder hat alle Zeit der Welt, die er braucht, um zu reifen und zu wachsen. Ich habe meine Reifezeit mehr als genug ausgekostet, wie ihr lesen konntet.

Zurück zu euch, die ihr die Macht und die Kraft sowie die Möglichkeit habt, freie, glückliche und friedvolle Menschen zu sein: Menschen, die ihre Einstellungen, Glaubenssätze und Wahrnehmung so in Ordnung bringen, dass sie sich nicht nur mit allen Lebewesen verbunden fühlen, sondern auch verbunden sind. Menschen, die sich nicht nur mit den geistigen Helfern des Lichts verbunden fühlen, sondern auch verbunden sind. Eure Schutzengel sind für euch da, Tag und Nacht und sie machen ihre Arbeit gewissenhaft, in Demut und Liebe, ohne Anerkennung oder Dank zu erwarten, ihrer Einstellung, Einsicht und Ansicht des Dienens.

Natürlich freuen sie sich über Anerkennung und Dank, da sie aber kein Ego haben, sondern Licht und Liebe sind, eine Essenz, die nur Licht und Liebe kennt und an der alles andere vorbeizieht, kommt es nicht darauf an. Aber natürlich freuen sie sich. Die Lichtwesen wollen euch helfen, sie dürfen aber nur, wenn ihr sie explizit bittet, euch ihnen öffnet und vertraut. Geduld habt, dass sich alles im möglichen Tempo arrangiert. Vernünftig seid, dass sich bestenfalls alles nach einer höheren Weisheit und Führung und nicht nach eurem Ego arrangiert, denn das geht meistens daneben (aber auch das gehört zu eurem Wachstum dazu).

Bittet sie, ladet sie ein, dass sie wirken. Sie sehen das Licht in euch und erkennen euch in Augenhöhe an. Sie wollen von euch nicht auf Sockel gestellt oder angebetet werden, was würde das denn auch bringen, es schafft nur Distanz und das hat das Dunkel einst eingefädelt. Vergesst das alles wieder, wenn ihr Ehrfurcht fühlen wollt, so entdeckt euer Licht, ja, euer Licht in euch, das ihr habt, euren göttlichen Kern und habt Ehrfurcht auch davor, wenn ihr denn schon Ehrfurcht haben müsst, damit es euch wohl ist.

Ich bin Jacques und danke euch allen sehr für eure Aufmerksamkeit. Ich lebte vor einigen Jahrhunderten in Paris und davor war ich auch auf dieser Welt, nicht nur einmal. Ich gehöre keiner speziellen Glaubensrichtung an und war ein gewöhnlicher Mensch, wie ihr es seid. Und ein aussergewöhnlicher Mensch, wie ihr es seid. Gebt gut auf euch Acht und vergesst eure Engel nicht. Sogar Gustav hat sich aus seiner Beschränktheit durch seinen Unglauben befreit. Er hat sich befreit, indem er sich den Möglichkeiten geöffnet hat. Er glaubt immer noch nicht an einen Gott, aber er glaubt an das Licht, denn es hat ihn abgeholt, bei der Sitzung beobachten, wirken und entscheiden lassen und ihn schliesslich und endlich in den Lichtbereich mitgenommen. Gustav gehört einer anderen Seelenstufe und Seelenreife an als ich, aber das ist weder schlechter noch besser, sondern wertfrei. Es gehört zum Leben dazu, zur Entwicklung und jeder geht durch bestimmte Phasen, gewisse Erkenntnisse und sogar Bewusstseinsebenen hindurch.

Die Schwingung auf der Erde hat sich erhöht und drängt euch zu einem anderen Bewusstsein. Auf Seelenebene wart ihr einverstanden, bevor ihr auf die Welt kamt, entweder mitzuziehen oder zu gehen. Ich sehe viele Seelen von Gaia, das ist das Geistwesen der Erde, scheiden und an anderen Planeten inkarnieren, die ganz andere Bewusstseinsebenen und Dimensionen bieten. Ja, es gibt Planeten, die ähnliche Bedingungen wie die Erde aufweisen. Ich kann alles aus dem Lichtbereich sehen und für mich überlegen – gemeinsam mit meinem höheren Anteil – wohin ich gehen, ob ich überhaupt gehen will, mich erst einmal erholen oder welche Aufgaben und Herausforderungen ich eventuell annehmen will.

Meine Persönlichkeit als der Mensch Jacques und meine geliebten Gedichte, welche ich verschollen glaubte, all das ist in der sogenannten Akasha-Chronik verzeichnet und wird nie verloren gehen. Genauso wenig, wie die Erkenntnisse und die Liebe, die ich mit in den Lichtbereich genommen habe. Alles andere an Niederem und Schwerem habe ich abgelegt und Gaia und den Lichthelfern zur Transformation überlassen. Ich bin eine erlöste Seele, reifer, weiser und im Bewusstsein, dass mir, meinem Kern, nichts passiert ist.

Mir geht es so gut wie noch nie, ich bin unglaublich schön, wundervoll, zart, lichtvoll, heil, rein und strahlend. Ich bin frei von Makeln und Belastungen, Irrtümern und Irrglauben. Der grösste Irrglaube war der über mich selbst. Das gebe ich jetzt zu. Und es macht mir nichts aus. Denn mein gekränktes und beschränktes Ego ist transformiert.

Ich wünsche euch auf eurem Weg alles Gute. Mutter Erde (Gaia) befindet sich merklich in einem ganz riesigen Wandel, einem Bewusstseinsumbruch und ich freue mich, wenn ich mit meiner Geschichte (und meinen Gedichten) helfen kann.

Sie ist wahr. Sie ist echt. Sie ist real.

Genauso, wie das Licht und die Liebe, die mich umgeben. Steht auf. Und zuvor: wacht auf. Und nachdem ihr aufgestanden seid, fliegt. Breitet eure geistigen Flügel aus, erinnert euch an euren Kern, an eure gesunde Macht, euer Potenzial und den Weg eurer Seele. Jetzt. Hier. Denn übermorgen ist es vielleicht schon zu spät!

Ich bin Jacques und wünsche euch von Herzen alles Gute im Jahre 2014 und dem, was noch kommen mag. Glaubt an euch. Glaubt an eure Kraft. Glaubt an eure Möglichkeiten. Ihr kreiert alles in euren feinstofflichen Körpern, dem Mentalkörper und dem Emotionalkörper. Ihr seid Schöpfer eures Lebens.

Wacht auf. Liebe Mitmenschen, erinnert euch – und dann: lebt! Das sagt euch jemand, der tot war, als er noch lebte, dann wirklich starb, um wieder aufzuerstehen. In mir.

Und nun bin ich endlich im Licht …

Nachwort von Michael

Liebe Leserinnen und Leser, ihr seid sicher gespannt darüber, wie es mir an der Sitzung ergangen ist und wie ich mich jetzt fühle ...

Die mediale Sitzung fand wie von Jacques gewünscht am 31. Dezember 2013 statt. Ich war am Morgen schon ziemlich aufgeregt und irgendwie auch besorgt. Unter der Dusche machte ich mir Gedanken, wie ich mich danach wohl fühlen würde. Als dann am Nachmittag die Sitzung begann, hatte ich irgendwie seltsamerweise aber auch schlüssig den Drang, diese Ablösung mit entblösstem Oberkörper zu vollziehen. Ich, der sich immer geschämt hatte, sich so zu zeigen!

Es war ein eigenartiges Gefühl, als mir der Jacques dann von Angesicht zu Angesicht gegenüberstand und mich durch das Medium anschaute und zu mir sprach. Zu wissen, dass diese Persönlichkeit, die mich mein bisheriges Leben lang zuerst unbewusst und dann bewusst begleitet hatte, nun tatsächlich mich und meinen Körper verlassen würde, hatte mich innerlich doch sehr aufgewühlt. Gleichzeitig spürte ich aber auch eine enorme Erleichterung und Freiheit.

Ich hatte sehr stark geschwitzt, das aus meinen Achselhöhlen, mit nacktem Oberkörper und dies im kalten Wintermonat Dezember bei teilweise geöffnetem Fenster! Aber dieser Schweiss war anders als gewöhnlich, so alt und genau so hatte er auch gerochen, aber ich war ja frisch geduscht ... Jacques hatte mir seine Aufregung also physisch gezeigt! Es geschah dann noch viel mehr in der Sitzung und ich durfte ausserdem noch einige aufschlussreiche Dinge und Zusammenhänge über uns alle erfahren. Noch mehr ins Detail möchte ich aber nicht gehen.

Als Jacques (und Gustav) dann langsam begannen, mit Engelsbegleitung ins Licht zu gehen, in Begleitung mit eigener von ihnen gewählter Musik, konnte ich die Tränen nicht mehr zurückhalten, gleichzeitig kam aber auch eine innere Leere in mir auf ...

Bereits nach der Sitzung konnte ich dann die ersten Veränderungen bei mir erkennen, diese Schwere und dieses Leid waren fort und am nächsten Tag konnte ich mich wieder im Spiegel betrachten und das sogar mit einem guten Gefühl! Die innere Leere entpuppte sich als Neuanfang mit mir selbst, Platz für Neues also.

Ja, ich gehe nun gestärkt und aufrecht durch den Tag und meine Trichterbrust stört mich jetzt nicht mehr, im Gegenteil, ich fühle mich sogar sexy mit ihr, gerade, weil ich anders bin!

Zusätzlich ist mir dann aufgefallen, dass mit Gustavs Ablösung auch meine Neigung zu Ballerspielen und Kriegsthemen verschwunden ist.

Ich danke dir, Jacques, und auch Gustav aus tiefstem Herzen, dass ihr euch zu erkennen gegeben und geholfen habt, dass wir uns alle befreien. Dir mein lieber Schatz dafür, dass du den Mut aufgebracht hast, dieses Buch mit Jacques zusammen zu schreiben und zu veröffentlichen. Es ist ein wundervolles Vermächtnis an alle Menschen dieser Welt.

Nachwort von Marija Keller

Als Kanal und Sekretärin für Jacques wurde ich von eben diesem gebeten, mich auch zu Wort zu melden. Ich möchte das niederschreiben, was in Bezug auf Jacques relevant und interessant erscheint – wobei es nicht eine einzige Zeile, die ich für Jacques zu Papier bringen durfte, geben mag, die je langweilig gewesen wäre!

Als ich damals mit meiner neuen Liebe, dem Michael, zusammenkam – da arbeitete ich bereits als universales Medium – spürte ich, dass irgendetwas Grosses auf mich zukommen würde. Ich wusste nur nicht, was. Bald stellte es sich über Michaels verstorbenen Grossvater heraus, dass es Jacques gibt, eine unerlöste Seele, die Hilfe braucht. Es ist interessant, denn mit meiner Arbeit kürzlich mit Gustav spielte mein verstorbener Grossvater wiederum eine grosse Rolle. Wie wichtig doch unsere Ahnen sind!

Michael war extrem erschüttert, im positiven Sinne und aufgewühlt. Endlich konnte er erahnen (da sind sie wieder, die Ahnen), was der Auslöser für sein Leid mit der Trichterbrust sein könnte, was immer und immer wieder zum Thema wurde, weil es Michael sehr belastete. Dies, obwohl ich mich nie daran störte, sondern ihn im Gegenteil verbal und körperlich aufrichtig merken liess, wie attraktiv ich ihn finde und dass seine Trichterbrust für mich als Liebespartnerin nichts Negatives bedeutete. Das tiefe Leid, das ich bei Michael immerzu spüren konnte, auch wenn er es nicht aussprach, bewog mich zu der Annahme, dass da irgendetwas Karmisches oder eine unerlöste Seele dahinter stehen müsste, was sich später ja auch bewahrheitete.

Mein hauptsächliches Themengebiet sind unerlöste Seelen und daher wundert es mich nicht, dass mir diese Aufgabe mit Jacques begegnete. Während mir am Anfang meiner medialen Arbeit Anfang 2010 ganz mulmig bei dem Gedanken war, dass ich mit solch einem dunklen und schweren Themenbereich beauftragt bin, Hilfestellung sein zu dürfen, ist es heute bereits Alltag für mich geworden, obwohl es keineswegs in eine Routine ausgeartet ist, sondern eine Arbeit, bei der ich jedesmal mit sehr grosser Demut, viel Respekt und tiefem Mitgefühl sowie aufrichtigem Interesse herantrete, mit viel Achtsamkeit.

Am 19. Oktober 2013 stand ich gerade unter der Dusche, als die Frage an mich herangetragen wurde, ob ich bereit wäre, Jacques' Kanal zu sein und gemeinsam mit ihm und Michael ein Buch zu schreiben. Schon als Jugendliche wusste ich, dass ich einmal schreiben werde, stand mir aber immer mit meinem Perfektionismus und der Angst vor Fehlern im Weg. Bei dem Gedanken, als Kanal schreiben zu dürfen, war es mir wohl, weil ich ja Sekretärin bin und das Buch mehr oder weniger einfach in einem Zug niederschreiben kann, ohne an einzelnen Sätzen und Formulierungen herumbasteln zu müssen. Dass dies unter der Dusche geschah, beweist die Aussage von vielen Menschen vor mir, die behaupten, die besten Ideen und Impulse unter der Dusche zu haben. Welche heilsame Wirkung Wasser doch haben kann …

Als Michael dann einwilligte, da es auch um mediale Arbeit und nicht nur um das Buch ging, wagte ich mich an diese wunderbare Aufgabe. Jacques konnte ich seither ganz nah bei mir spüren, wusste mich aber abzugrenzen. Er testete mich, bevor er mich als Sekretärin und Kanal wählte, um sicher zu gehen, dass ich mich genug abgrenzen kann und stark genug für diese bewegte und bewegende Angelegenheit bin.

Jacques setzte sich eines Tages, als Michael und ich gerade assen und etwas besprachen, einfach neben mich. Mein System reagierte sofort und ich wies ihn liebevoll aber sehr bestimmt an, aus meinem Aura-Bereich zu verschwinden, und das sofort! Ich war gespannt, wie er auf meine Bestimmtheit reagieren würde, ob er beleidigt wäre, doch es war ja ein Test und ich musste mir daher keine Gedanken machen. Jacques erwähnte in seinem Buch ja Menschen, deren Aura löchrig war und die Jacques spüren konnten, als sie die Seine entlang spazierten.

In dem Moment ist mir bewusst geworden, wie wichtig es ist, seine Aura intakt zu halten und sein System durch alle Poren auf Abgrenzung zu allem zu halten, was nieder und negativ schwingt. Mein grosses persönliches Thema war immer die gesunde Abgrenzung, was nichts mit der Selbstisolation zu tun hat, die Jacques zelebrierte. Gesunde Abgrenzung heisst, dass nur das hindurch darf, was auf Licht und Liebe basiert – und natürlich die Resonanzen meiner unerlösten Themen, die will und kann ich nicht von mir weghalten, weil ich sie ja auflösen und heilen will.

Als Jacques befand, dass ich innerlich stark und auch genug in der Demut bin, das Buch zu schreiben und er sah, dass mein Ego genügend transformiert und in meinem System eingeordnet ist, dass ich dieser Aufgabe gewachsen bin und ihr gerecht werde, starteten wir mit der Niederschrift und den Sitzungen. Es war sehr spannend und berührend für mich, teilhaben zu dürfen an der Not und dem Leid von Jacques und den Menschen in seinem Leben. Dass sich ein männliches Wesen so sehr öffnen und offenbaren konnte, erreichte mich und zeigte mir, dass Jacques ein Vorreiter für die sogenannte „neue Männlichkeit" des neuen hohen Zeitalters des Lichts und der Liebe ist.

Das Männerbild, das veraltet, überholt, verroht, gebrandmarkt und teilweise sogar stigmatisiert ist, befindet sich im Wandel und viele Männer haben Mühe, den Ausgleich anzunehmen, den ihr System vollzieht, indem die sämtlichen weiblichen Anteile und Elemente angenommen und gelebt werden. Das hat nichts mit Weichei oder Softie-Dasein zu tun. Auch nichts mit Jacques' spezifischer Zuneigung zum eigenen Geschlecht, was keinesfalls verurteilt werden darf, zu keiner Zeit und an keinem Ort.

Während in früheren Zeitaltern erst die Weiblichkeit überdominierte, dann die Männlichkeit, soll jetzt letztendlich ein Gleichgewicht wiederhergestellt werden und Jacques und Michael beginnen, es vorzuleben. Das sind neue Attribute, die in die Richtung der inneren Stärke und weg von der äusseren Kraft gehen, die übrigens vergänglicher ist, als viele Männer wahrhaben wollen. Die innere Stärke jedoch ist unvergänglich und unsterblich und repräsentiert den wahren inneren Kern!

Als ich Jacques' Zeilen niederschrieb, eröffneten sich auch für mich neue Welten, Erkenntnisse und Ebenen, obwohl ich als universales Medium bereits tiefe Einblicke in etliche Zusammenhänge und andere Welten erfahren durfte. Es war sehr spannend, oft überraschend und mehrere „Gänsehaut-Momente" überkamen mich, weil sich so viel Weisheit und überraschende Wendungen der Bewusstseinsebenen beim Lesen offenbarten. Dieses Buch kann man nicht einfach herunterlesen, manche Zeilen muss man mehrmals lesen und wirken lassen, bis man sie versteht, dachte ich mir sehr oft.

Sehr erstaunt war ich, als die Geschichte mit Mireille, dem Kanal kam und sich plötzlich auch ein Gustav zeigte. Vieles, was ich mit Michael erlebte und an ihm beobachten konnte, was mir erst unerklärlich schien und ich gebe es zu, oft auch ein Kopfschütteln auslöste, liess mich nun gewisse Verhaltens- und Denkmuster wie auch Neigungen verstehen, die Michael lebte, die aber wie nicht seine eigenen sein konnten, weil ich seinen Kern ganz anders wahrnahm.

Es überraschte mich nicht, als Mireille, der Kanal, ins Spiel kam und sich herausstellte, dass es sich um eine meiner früheren Inkarnationen handelt. Es machte sehr viel schlüssig für mich. Ich begann, mehr und mehr zu verstehen und den versteckten Segen vieler schwieriger Momente in diesem und in früheren Leben erkennen, begreifen und annehmen zu können.

Das Buch war sehr lehrreich und heilsam für mich und Jacques, der mich im Alltag begleitete, wurde mir zu einer Art Familienmitglied und Gesellschafter. Er unterhielt und amüsierte mich mit seiner Intelligenz und seinen Kommentaren. Oft, wenn ich am See spazieren ging, philosophierten Jacques und ich und je näher der 31.12. rückte, von dem ich wusste, dass Jacques ins Licht gehen will, um so wehmütiger und trauriger wurde ich, weil der Abschied nahte, obwohl ich wusste, dass ich Jacques auch aus dem Lichtbereich wahrnehmen kann.

Die Sitzung am 31.12.2013 war sehr eindrücklich und ich konnte die Wochen davor beobachten, dass sich Jacques' Schwere und unerlöster

Hader extrem bei Michael zeigten, eine schwere Zeit für uns als Liebespaar und eine Herausforderung, damit umzugehen. Doch unsere Liebe ist so stark, dass sie dies alles und noch mehr überstanden hat, auch das, was nichts mit Jacques zu tun hat. Dies ist gleichzeitig eine aufrichtige Liebeserklärung an Michael, dem ich auch meine Bewunderung für seinen Mut ausspreche, sich seelisch derart zu entblössen, um anderen Menschen zu helfen.

Es war eine Erleichterung für mich, als mir klar wurde, dass Jacques sich völlig langsam aus Michaels System lösen und gemächlich in den Lichtbereich aufsteigen will. Ich kenne Michaels Abneigung für überrumpelnde und Ohnmacht auslösende Situationen, das Rasante, das einen zuweilen überfahren kann, wie die Scheidung, die er erlebte. Es war sehr rücksichtsvoll von Jacques, alles Ruckartige zu vermeiden.

Obwohl ich Kanal und neutral war, holte mich nach der Sitzung eine Trauer um Jacques ein, weil ich spürte, wie sich der Platz neben mir leerte und seine Anteile ins Licht entschwanden. Da war niemand mehr, wie Gustav so schön formulierte, der mich immer anquatschte. Seine Art, sein Dasein, seine Kommentare fehlten mir, eine Lücke entstand, obwohl ich unsere Verbindung übers Herz in den Lichtbereich spürte.

Ich stellte mich der Leere und der Trauer, die befreiend und klärend war. Nun ist Platz für Neues. Ich bin übrigens ein Mensch, der sehr gut mit sich allein sein kann und nicht ständig jemanden um sich braucht. Aber Jacques war einfach zu köstlich.

Bei Michael kann ich nun sehen, dass etwas Schweres von ihm gewichen ist. In seinem Gesicht zeichnete sich immer etwas Gequältes, Sorgenbeladenes ab, das nun weg ist – er ist zwar sehr erschöpft, aber ich kann eine Klarheit und Schönheit aus ihm in seinem Gesicht und seinen Augen leuchten sehen.

Ausserdem läuft und sitzt Michael nicht mehr gebückt, sondern aufrecht. In seinem System spüre ich eine gewisse Leere, die aber nicht negativ sein muss. Da ist wirklich etwas passiert!

Als ich kürzlich wieder am See entlang spazierte, hörte ich Jacques ganz dumpf und von weit her aus dem Lichtbereich zu mir sprechen, ich würde ihn wohl vermissen, es wäre kein Problem, er könne mich gern vom Licht aus vollquatschen. Was soll ich dazu sagen ...

... ich beende mein Nachwort mit einem Schmunzeln.

Noch eine wichtige Anmerkung zum Schluss: Wenn Jacques über seelische Erkrankungen schreibt, sollen sich die Leserinnen und Leser keinesfalls dazu aufgefordert fühlen, auf Hilfestellungen durch Ärzte und Therapeuten oder auf die Einnahme von Medikamenten zu verzichten.

Über die Autorin, Jacques' Kanal

Marija Keller arbeitete lange Zeit als Lehrperson in diversen Stufen, Fächern und Settings in der Schweiz. Nebst Ausbildungen im systemischen Coaching und als Gesundheitspraktikerin für spirituelle Wegbegleitung wirkt sie aktuell im Bereich der von der geistigen Welt kommenden Definition der „geistigen koordinativen Kommunikation" als universales Medium. Dies geschieht überkonfessionell, das heisst unabhängig von Glaubensrichtungen. Liebevoll und respektvoll bietet sie dabei u. a. Hilfe zur Selbsthilfe an, sowohl den unerlösten Seelen, wie auch ihren menschlichen Trägern. Zudem führt Marija Keller energetische Hausreinigungen durch, bietet die Erstellung von einzelnen Profilen bzw. Beziehungsprofilen in der Numerologie an und bezieht weitere Hintergründe aus Symbolarbeit sowie Arbeit mit Heilsteinen und Düften in ihr Wirken mit ein. Im sogenannten „Connecting" bietet Marija Keller eine Verbindung zur geistigen Welt des Lichts, ihren Botschaften und Impulsen in Form von Erlebnis-Meditationen zu bestimmten geistigen Helfern und Themen an.

Jacques hat Marija Keller als Kanal gewählt, um seine Zeilen zu Papier bringen und veröffentlichen zu können und um mit ihr in Themenbereichen rund um unerlöste Seelen und Seelenanteile zu arbeiten. Unerwartet viele Menschen sind mit diesem Thema konfrontiert, ohne es erkennen, definieren, zuordnen oder sogar verstehen zu können. Machen sich unerlöste Anteile – bisweilen auch massiv – bemerkbar, verstehen viele Menschen sie gar nicht bzw. nehmen sie gar nicht als solche wahr. Dieses Buch soll ihnen dabei helfen, zu erkennen und zu verstehen, sowie auf Möglichkeiten verweisen, den unerlösten Seelen und Seelenanteilen zu helfen, ins Licht zu finden und selbst immer freier und immer mehr sich selbst zu sein. Auch in Zukunft wird Jacques als Schnittstelle für Marija Keller für die Arbeit rund um unerlöste Seelen und Seelenanteile zur Verfügung stehen. Weitere Bücher zu seiner Arbeit werden gewiss folgen. Jacques verweist an dieser Stelle noch darauf, dass sehr viele Menschen sich auf das Licht und die Lichtarbeit fokussieren, ihre Schatten und ihr Dunkel jedoch gern verdrängen oder leugnen.

Es gilt, sich liebevoll und achtsam seinen Schatten zu stellen und ihnen Hilfestellung zu geben, denn jeder einzelne davon ist es wert. Das, was auf den ersten Blick als Sackgasse erscheint, erweist sich im Nachhinein möglicherweise als versteckter Segen.

In ihrem Blog geht Marija Keller auf ausgewählte Fragen einzelner Personen an die geistige Welt ein und vermittelt deren Antworten und Impulse.

Jacques wünscht, dass alle Rechte bei Marija Keller sind. Marija Keller kann Rechte oder Teilrechte übertragen, zum Beispiel an den Verlag.

Schweiz im Dezember 2013/Januar 2014
Nachbearbeitung im Oktober 2016

Kontaktdaten:
Praxis **meinursprung**
Website: meinursprung.ch
Webblog: fragdieengel.ch

Jacques' Gedichte: Mein erstes Gedicht

Glaubst du
an die Kraft der Nacht,
wenn der Tag verblüht?

Vertraust du,
dass es wieder hell wird,
dass der Tag erwacht
und dich glücklich macht?

Sieh hin,
staune,
staune, was der Tag dir bringt
und die Nacht verbirgt.

Suche,
forsche,
entdecke viele Welten,
um dich und in dir.

Ich helfe dir dabei,
ich, dein Staunen,
dein Staunen im Herzen und in der Seele,
ich bin in dir
und in euch,

wenn ihr mich nur lasst.

Lasst uns gemeinsam staunen,
denn staunen ist Leben
und wer lebt, der liebt
und wer liebt, der ist glücklich.

Glück für diese Welt,
Glück für jeden Einzelnen,
der das Staunen und Wundern und Vertrauen
noch in sich zaubern kann.

Jacques' Gedichte: Frühlingsgedicht

Freiheit,
Freiheit durch Liebe,
Freiheit durch Glück,
Freiheit durch Düfte, die meine Sinne betören,
meine Sinne des Herzens und der Seele,
meine Sinne, die voll des Glücks beginnen
zu singen,
zu dichten,
zu träumen.

Wunderbar und voll
träufelt das Gefühl des Glücks und der Freiheit
durch meinen Körper,
durch mein Gefühl,
durch meinen Sinn,
mein Sinn nach Frieden,
Frieden durch Freiheit,
Frieden durch Glück,
Frieden im Herzen und
Frieden in der Seele.

Jeder kann es spüren,
jeder kann es hören,
jeder kann es riechen,

jeder kann es schmecken.

*Schmeckst, riechst, hörst und spürst du die Freiheit
und das Glück,
erwachsen aus der erblühenden Natur,
erwachsen aus der erblühenden Harmonie des Herzens,
das anklingt an all diesem,
all diesem Glück, das grösser ist
als alle Natur,
als alle Herzen,
als alle Seelen dieser Welt?*

*Frieden in allem.
Frieden im Herzen.
Frieden in mir.*

Jacques' Gedichte: Liebeskummer durch Pierre

Tieftraurig,
die Nacht,
wenn die Nacht zum Tag wird,
hell, doch überschattet
vom Dunkel.

Gibt es noch Hoffnung?
Wo ist
das Licht,
die Liebe,
die einst bei mir waren,
so lebendig und gross,
so tiefgreifend und echt,
so erhebend, zart und stark zugleich?

Sie machte mich schwindlig, die Liebe,
schwindlig vor Glück,
dem Glück, es kaum glauben zu können, dass es wahr ist,
dass die Liebe wahr ist,
dass es sie wirklich gibt, dass sie lebt,
in mir, um mich, für mich,
eingekleidet in einen menschlichen Körper, den ich liebe,
einen menschlichen Körper, der mich liebt.
Es ist ein wunderbarer Mensch, der mich liebt,

den ich liebe,
Verstehen ohne Worte, es genügt ein Blick oder eine Geste.
Wir verschmelzen wieder und wieder,
bis wir durchgehend verschmolzen sind.

Verschmolzen im Gefühl,
verschmolzen in den Gedanken,
verschmolzen in unseren Zielen,
verschmolzen in unseren Werten.

Ich spüre ihn
und er spürt mich,
auch wenn wir nicht beieinander sind.

Die Liebe ist so stark, dass sie mich schwindlig macht,
uns schwindlig macht,
wenn wir verschmelzen, schweben wir im puren Glück,
wollen nicht mehr aufwachen aus diesem schönen Traum
und der Traum ist Wirklichkeit.

So wirklich, wie die Vögel, die zwitschern und das Wasser,
das sprudelt im Bach.

Nie wieder wollen wir aufhören zu lieben,
aufhören, zu verschmelzen, aufhören, uns zu wundern, dass
die Liebe uns zuteil geworden ist.

*Uns,
uns Wanderern auf dem Weg des Lebens,
uns Wanderern auf der Suche nach Glück.
Warum noch weiter wandern, wenn wir das Glück gefunden haben?*

*So soll es immer sein,
oder werde ich aufwachen und merken, dass alles nur ein schöner Traum war?*

Und ich wache auf durch die Ereignisse des Lebens,
die Ereignisse, die mich überrennen,
wie eine Herde wilder Pferde,
mir das Herz aus dem Leibe reissen,
mir meine Seele in viele Scherben zerspringen lassen.

Traurig,
tieftraurig,
die Nacht.

Und jetzt ist immer Nacht,
nur noch ...
... Nacht.

Jacques' Gedichte: Worte eines Freundes

*Wenn der Wind
die Worte eines Freundes
zu dir trägt.*

*Wenn das Leben
einen Hauch des Gemüts
zu dir weht.*

*Wehmut im Herzen
Wehmut im Geiste
Wehmut im Sinn.*

*Dem Sinn, dich zu verbinden
mit den Gedanken des Freundes
seinen Werten, Zielen, seinem Fühlen, gar Empfinden.*

*Ist es nicht so,
dass wir Sehnsucht verspüren
uns im Anderen zu finden
unsere Vorstellungen, Sehnsüchte und Anschauungen?*

*Wie ist es für uns,
wenn dem nicht so ist,
wenn die Worte des Freundes*

*uns nicht berühren, nicht einmal erreichen
können?*

*Weil
er in sich festhängt,
in seinem Gestrüpp dunkler Gedanken
in seinem Geflecht dunkler Gefühle
und du willst nicht,
dass sie herüberschwappen.*

*Sie wollen dich ertränken,
sie wollen dich fesseln,
sie wollen dich entfremden
von deinem lichtvollen Sein.*

*Lässt du dieses Sein
deines sogenannten Freundes
zu dir herüberkommen?*

*Oder bist du so stark,
dein Ansinnen zu vertreten,
dein Ansinnen nach Wohlwollen,
dein Ansinnen nach Frieden,
dem Frieden im Herzen,
das dir genügt,
das euch genügt,
zufrieden zu sein*

*mit euch,
mit der Welt,
mit eurer Welt und eurem
Sein.*

*Ist es nicht so,
dass wir ganz oft,
ohne es zu wissen,
stark sein müssten,
nichts herüberschwappen zu lassen
von den düsteren Irrtümern unserer Freunde?*

*Lasst uns achtsam sein.
Lasst uns wachsam sein.
Damit wir rechtzeitig
stark sein können.*

*So dass
unser lichtvolles Sein,
unser segnendes Ansinnen
sich herantasten darf,
ganz vorsichtig
an unseren Freund,
der sich selbst verloren hat
in seiner Welt der Grausamkeiten
gegen sich selbst,
gegen seine Gedanken, Gefühle, Überzeugungen ...*

*Lasst uns unsere Freunde umstimmen,
auf dass sie fröhlich werden
und sich erinnern,
dass nur das Lachen,
das Lachen aus dem Herzen
die Energie ist,
die Energie sein sollte,
die uns trägt und nährt,
bis wir von dieser Welt gehen.*

Und unsere Freunde
stehen dann
an unserem Grab
und denken
und fühlen:

*So hätte ich leben sollen!
Wie er –
mit dem Lachen im Herzen
und der Fröhlichkeit des Seins.*

„Wer das Dunkel als Entwicklungshelfer und nicht als Strafe ansehen kann, dient sich schon sehr."
(Jacques)

Marija Keller
Mein Leben nach dem Tod
Teil 2: Hilfe aus dem Jenseits

„Wer wirklich will, dem eröffnen sich neue Wege."

Taschenbuch
104 Seiten
ISBN: 978-3-7412-8381-9

Erhältlich ab November 2016
Erschienen im BoD-Verlag

Der Selbstmörder Jacques erzählt uns weiter, jetzt aber aus dem Lichtbereich! Die geistige Welt hat ihm einen sehr bedeutsamen Auftrag anvertraut: Selbstmördern nach ihrem Tod aus ihrer inneren Hölle zu helfen und sie zum Gang ins Licht zu bewegen.

Dabei hilft er gern mit seiner Philosophie, höheren Weisheiten und konkretem, nützlichem geistigen Handwerkszeug nicht nur allen seinen verstorbenen Schützlingen, sondern auch uns Lebenden.

Einfühlsam, klar und überzeugend gewährt Jacques als Lichthelfer allen interessierten Menschen Einblick in höhere Zusammenhänge und ermöglicht den Leserinnen und Lesern auf diese Weise ganz neue Erkenntnisse und Wege. Dabei bekommt er zudem wertvolle Unterstützung von seinen alten sowie neuen Bekannten und auch Michael, sein damaliger menschlicher Träger, kommt erneut zu Wort.

Ausserdem präsentiert uns Jacques auch in diesem Buch wieder eine Reihe seiner tiefgründigen Gedichte.